大地词条

田 鑫
Tian Xin
著

黄河出版传媒集团
阳光出版社

图书在版编目（CIP）数据

大地词条 / 田鑫著. —— 银川：阳光出版社，
2022.9
　　ISBN 978-7-5525-6476-1

　　Ⅰ. ①大… Ⅱ. ①田… Ⅲ. ①散文集 – 中国 – 当代
Ⅳ. ①I267

中国版本图书馆CIP数据核字（2022）第168489号

大地词条

田鑫　著

责任编辑　陈建琼　郑晨阳
封面设计　张　宁
责任印制　岳建宁

黄河出版传媒集团
阳 光 出 版 社　出版发行

出 版 人　薛文斌
地　　址　宁夏银川市北京东路139号出版大厦（750001）
网　　址　http://www.ygchbs.com
网上书店　http://shop129132959.taobao.com
电子信箱　yangguangchubanshe@163.com
邮购电话　0951-5047283
经　　销　全国新华书店
印刷装订　山东新华印务有限公司
印刷委托书号　（宁）0024459

开　　本　880 mm×1230 mm　1/32
印　　张　7.125
字　　数　180千字
版　　次　2022年9月第1版
印　　次　2022年10月第1次印刷
书　　号　ISBN 978-7-5525-6476-1
定　　价　58.00元

目 录

和　解

一

对父亲最早最清楚的记忆，与酒有关。

那是一个夏天的午后，太阳已经明显偏西了。它留下的巨大阴影，正慢慢地从院落里渐次撤退，院子里皴裂的虚土，明显柔软下来。

夏收前的一场干旱，让整个村庄看上去蔫蔫的。我躲在傍晚的屋檐下，观察着一只公鸡的动作，它悄悄地跟在一只爬虫的后面，等停下来，就看见迅速伸出的头已经抬起来，那只爬虫在它嘴里挣扎着。

公鸡显然没有吃饱，低着头继续搜寻下一只虫子。这时候，酒瓶子就穿过堂屋的窗户飞了出来，落地的瞬间溅起的玻璃花，吓得公鸡煽动双翅向墙角跑去。

瓶子是父亲扔出来的，在此之前，他和七八个人喝掉了小卖部里所有的啤酒。

他们蹲在小卖部的土炕上，刚开始，酒精还没有让这七八个人的情绪变得激昂起来，大家按照流行的套路猜拳行令，推杯换盏之间，小卖部里的氛围开始有些变化。

酒后的虚幻景象开始占据小卖部的狭小空间，几个人脸上逐渐变得红彤彤的。起初的客套就这样变成了互不服气的斗气，种地的时候，他们都只看老天爷和黄土地的脸色，因此每个男人都是家里的老天爷，老婆孩子都得看他的脸色，而在酒桌上，他们就变成了要看每一个人脸色的人。

男人和男人在一起，除了强烈的征服欲之外，炫耀也是不可避免的。他们猜拳的时候，指头上的本事不如人，就会提高嗓音吓唬对方，实在撑不住了就要滑头赖酒，再不行就找个话题吹牛。

种地的经历大致是一样的，没什么可说的，如果有人说一些别人不曾经历的，那么新鲜的内容会吸引人用心听，但是很明显，酒精已经让他们有些无法控制自己了，有人开始语无伦次，有人开始呕吐，有人开始趴在土炕上打鼾。而我的父亲，则趁人不注意，摇摇晃晃回了家，这是他最常用的逃身法。

一个醉汉的闯入，让傍晚的时光变得微妙起来，母亲看了那个扶墙的男人一眼，一声不吭进了厨房，从面柜里掏出够一家人吃的面粉，掺水，和面，用一根滑溜溜的擀面杖将面团擀压成面片。

面粉在她手里就这样被掺、揉、擀、压，最后变成一碗碗飘着香味的面片子。如出一辙，她也是这样被生活反复地掺、揉、擀、压的，不过，经过了这么多年的磨练，她已经对一切应付自如，只有酗酒这件事让她有些拿捏不定，比如她不清楚父亲什么时候喝醉，什么时候砸家具，什么时候打老婆骂孩子。

不确定的事遇得多了也就慢慢习惯了，她习惯了父亲酗酒之后的诸多表现，习惯了受了委屈一个人躲在角落里抹眼泪，习惯了不管发生什么都在几个孩子面前装作没事人一样。但是我很清楚地记得，从看到醉酒的父亲那一刻起，母亲的脚步和语气就明显有些不一样了。而我，和她一样，硬着头皮等着接下来肯定要发生的事情。

父亲软塌塌地爬上土炕，扯开被子披上，坐在炕中央就开始骂人，你要说他喝醉了，骂人的逻辑还挺清楚。用他的话说，他喝醉是因为操心光阴，家里的日子过不好，是他不好，但是母亲的责任更大。他骂一句，顿一下，似乎在听什么，整个院子里没有任何声响回应他，他就砸炕头的炕桌，不解恨，就扔酒瓶子扔枕头。

他骂人的间隙，母亲手里的面变成了碗里的饭，她把碗摆在灶头上，发呆。我在屋檐下盯着空洞的院子，一只爬虫正以龟速在我眼前挪动，我没心思想接下来要发生的事情，只替那虫子担心，我多希望它能快点，再快点，这样它就不用被那只大公鸡吃掉。

其实，我也希望时间能快点，再快点，这样那个男人就不会折腾我们母子了。虫子最终没有被吃掉，我也就不那么紧张了，可是父亲的坏脾气还持续着，我突然变得无聊起来，就开始听父亲说话。

听得出来，这个男人在酒桌上没有赢过别人，回了家就拿老婆出气。其实，这个男人挺可怜的，种地老天爷和土地爷不听他的，刚会犁地的小犍牛也不听他的，自己亲手种下去的麦种也不听他的，村里的人更不听他的，他只能命令比自己可怜的女人和孩子。

潜在的摔碗可能，让母亲一直犹豫是不是要把刚做好的那碗面端给父亲，就是这个犹豫，让父亲的愤怒到了极致。他等不及了，翻身下炕冲进厨房，一把打翻灶台上的碗，转而就要向母亲伸手。

母亲对眼前的一切再熟悉不过，我以为接下来她会哭，会反抗，会假装要抱着我回娘家，可这一次她啥话都没说，把厨房地上的碎渣打扫干净。父亲被这和平时不太一样的场景给震住了，他不知道接下来该干吗，索性就蹲在厨房门槛上，一言不发。

似乎是母亲用沉默扳回一局，但很明显，整个过程中并没有人胜利，父亲没有，母亲也没有，而在我幼小的心灵深处，这一幕永远落下了根。后来我才知道，这次的酒是父亲请的，酒钱本来是要给我交学费的，母亲用攒下来的鸡蛋换来的零钱，原本是整整齐齐压在炕席下的，零零散散的毛票合起来共七十五块钱，学杂费加书费刚好够，这是一个夏天的储备，母亲就等着我拿它们去学校报名，结果却被父亲搜罗去喝了酒。

这或许是母亲比较反常的原因，她还想着能从父亲的嘴里抠出来一些。后来的事我现在想起来还会眼眶湿润，因为凑不够学费，母亲就到处找人借钱，而父亲则又找到心情不好的借口继续喝酒。开学的那天，我守在别人家的门框边，等父亲给我凑学费，等来的却是呕吐不止的父亲。

我扶着他回家，一路上泪水和愤怒填满小小的胸腔，我开始讨厌这个男人。

二

每一个儿子都有和父亲为敌的可能。呱呱坠地的那一刻，父亲们瞧了一眼婴儿，如果恰巧是个男孩，他们就会把狂喜暗藏在心里，脸上摆出一股不屑来，似乎在说，对于这个未来的敌人，从一开始就要摆明立场，不能心太软。

不知道别人的父亲如何，反正我的父亲就是这样对我的。懂事后的女儿总会问起我小时候的事情，为了给她的十万个为什么找出准确的答案，我开始搜罗记忆中与父亲有关的片段。

可是怎么找都找不到痕迹，我就怀疑，他是不是压根就没抱过我，或者从来都没牵过我的手，更不用说用胡须扎我的脸蛋……确实什么都没有，我只想起童年的很长一段时间里，我把这个被叫作父亲的男人看成成长路上的一个障碍。

把记忆里那些碎片拼凑起来，就能明显地看出来，那时候的一天是多么的漫长，长到足够我们爬到一棵又一棵的树上让一窝又一窝的鸟无家可归，足够我们在点完山火之后看着一根一根的草在烈火之中慢慢变成灰烬，足够我们屏住呼吸藏在麦草垛的深处听着同伴在外面过来过去，就是找不到自己。总之，在小小的村落里，我们就是一个又一个的国王，管辖着每一处可以让我们开心的小地方。

可是那个把自己当成太上皇的男人，总是在我们游戏玩得正开心的时候，及时出现，并对我们的行为予以当头棒喝，而我们总是尴尬地回到他们的阴影之下。

父亲们从来不告诉我们什么能做什么不能做，为什么能做为什么不能做，他们似乎故意躲在一边看我们干一些他们曾经干过的事情，然后学着他们父辈的样子及时出现并管教我们。这是一件可怕的事情，为了降低受惩罚的危险性，我们这些处于父亲阴影之下的男孩子们，经常选择集体对抗，可是于事无补。

村庄的正中间有一座水坝，水是死水，没风的时候安静得像村落里的一些土地。大人们对能长庄稼的土地感兴趣，我们对未知的具有挑战性的这片水域感兴趣。于是，在村里没什么人的中午，我们就悄悄地在水坝边聚集，然后迅速脱光衣服，猴子一样钻进水里。夏天的日头晒过的水，一定是最接近子宫温度的，不信你可以试试，泡在其中有一种躺在母体之中的错觉。

我们幼小的身体在水里上下起伏着，逃脱父亲们的监视而躲在想象的母体里是一件幸福的事。我们使劲翻滚着扑腾着，似乎自己就是一条鱼。可是再狡猾的鱼，也躲不过老渔夫们的眼睛，我这条鱼很快就被父亲发现。他没说话，也不准备叫我上岸，而是板着脸走到岸边，抱起我的衣服就转身离开。

就这样，我用两片宽大的水草叶子遮挡下身，在众目睽睽之下穿过村庄回家。从水里出来，少年的羞耻感就开始水一样灌进了我正在发育的身体，我不敢看别人的眼神，只觉得阳光热辣辣的，烈日灼身。

这个经历成为我一生最早的耻辱，以至于多年以后，每次看到在水里游泳的孩子，我就想起一个赤裸的少年，像原始人一样用叶子遮着身体，满脸通红地穿过人群，他走路的姿势夸张，惹得众人大笑。

不知道父亲出于什么心理要让自己的儿子当众出丑，但是可以确定的是，我赤身穿过村庄的时候，父亲就在远处看着这一切，他脸上表情复杂，不知道是尴尬，还是在发笑。不管是哪种表情，那张脸，在我心里成了比水坝还要宽阔的阴影。

三

日子就这么百无聊赖地过着，一个雨水适中、土壤疏松透气、凉爽湿润的秋天，土豆的长势比任何一年都好，夏收没收几袋小麦的父亲，想着在秋天的土豆上打个翻身仗，这样在小卖部喝酒的时候，也好有个拿得出手的谈资。

犁铧把土划拉开的时候，父亲舒了口气，土豆果然争气。原本半亩地的土豆，装一架子车就能拉回去。这一次半亩地的土豆，够装一车半。父亲实在太开心了，他想早点让村子里的人知道土豆丰收的好消息，就把原本需要两车才拉完的土豆，瓷实地码在了一辆架子车里。

崎岖的山路才不管你的心情有多激动，架子车刚出了土豆地，在下坡的羊肠路上没走几步，就开始歪歪斜斜，后来直接倾斜。在父亲身边扶着车辕的母亲，本能地用手去撑，车辕上的力自然就分散了，车快速向前，父亲还没缓过神来，就侧翻了，一整架子车的土豆，瓷实地压在了母亲身上。

我们赶到山上的时候，母亲已经躺在父亲的怀里，满身的土，跟一颗刚破土而出的土豆一样。父亲抱着他的这颗大土豆，不说话，脸紫得像另一颗皮都皲裂了的土豆。

这是父亲第一次在众人面前抱着母亲，也是最后一次。秋天还没结束的时候，我们就把母亲种进了土里，和种一颗土豆不一样，我们是流着泪撕心裂肺地哭喊着把她种进土里的。

第一次面对死亡，一切都显得神秘，下葬的那天，我戴着孝，跟在父亲身后，表情木讷，内心的悲伤压得我有点喘不过气。他向吊孝的人下跪，我就跟着跪下去，他叩头，我就趴在他的身后抹着眼泪也叩一个头。他一遍一遍向别人说着事发经过，我就呆呆地看着他一遍一遍向别人说着事发经过。其实这些话我一句都听不进去，只觉得他的一言一行虚伪得让人作呕。

棺材落入大地深处，我哭得特别厉害，要把这辈子的眼泪流完似的，我觉得除了母亲，再没有人值得我这么去哭，那个被我叫作父亲的男人更不配。撕心裂肺已经无法形容我的悲伤，嗓子都哑了，眼泪模糊了双眼，母亲没了，我眼中的这个世界在一片混沌中。

只有父亲是具体的，其他物体和人都抽象成一个点或者一条线，只有父亲呈跪伏状。突然有那么一刻，我对这个男人的讨厌，全部变成了恨。恨这个只会趴在酒桌上吹牛回家就收拾老婆的男人，恨他连保护母亲的力气都没有，恨他让我成了一个没有母亲的孩子……

把母亲埋进了土里，仇恨的种子却在我的心里发芽了。我不再趴在他的身上哭，我要离这个嗜酒的无能男人远一点，我和他势不两立。从此，两个男人之间无话可说。清明上坟，去的时候他跟在我身后，回来的时候我跟在他身后，谁也不说一句话，两个人用抽泣无声地对抗着。

四

母亲离开后，我的学费再也没有被父亲挪去喝过酒，虽然他总是喝得醉醺醺的。在我看来，这一星半点的改变，并没有任何意义，我还是想着能早点离开他。我曾经尝试过在清晨独自出门远行，可是走出村庄之后却又不知道自己能去哪里，最后像打了败仗的士兵无功而返；也曾经跟着包工头去县城打工，搬了一上午砖头，混了一顿饭之后，工资都没敢要就落荒而逃……

看着我反复地折腾，父亲也不加阻止，他也不知道从何处下手改变这一切，只是每次在我走之前，会把车费递到我手里，然后就一言不发抽闷烟。他不说话的时候，我倒没那么恨他，甚至会同情他，觉得他失去妻子不说，连至亲的儿子也跟他有了嫌隙，给谁心里都不会好受。

折腾了几年，我们就不再折腾了，像两个经常打仗的国家，彼此熟悉了战术和套路，却又拿彼此没办法，时间一长，也没心思再战，因此双方互不干涉，一切就显得不那么紧张了。我竟然也开始收心，或者是因为慢慢长大，鼻子下面那一绺胡须，和父亲渐渐弯曲的腰身，以及内心悲伤的慢慢弥散，也让我开始冷静。甚至有时候在夜深人静的时候，说服自己开始试着慢慢理解他，也不再刻意和他对立。在我拿到大学录取通知书的时候，两个男人之间的对立也慢慢开始出现转机，但是两个人始终无法和解。

我拿着录取通知书出现在村头时，父亲按照村子里的风俗买来了鞭炮，远远地看着我出现在巷子那头，父亲就像个小孩子一样，躬身用烟头去点鞭炮的导火索，看得出来，他是有些过于兴奋了，以至于烟头还没靠近，就迅速起身，好像鞭炮已经燃起一样，跑远才发现鞭炮并没有响。父亲再一次躬身，我看着他可笑的样子，突然有一种怪怪的感觉，哽咽卡在喉咙里。

整个暑假，父亲变着法给别人说我考上大学这件事，这下他在小卖部的土炕上有足够的发言权，他说话的时候，不用再就着酒。为了把阵势闹大点，父亲还借着给爷爷过寿，摆了流水席，我第一次觉得父亲喝酒是那么的有意思，他的质朴，他的滑头，他眉宇间从未有过的喜气，看上去都很自然。

直到临走的前一天，我都没有开口让父亲送我去上大学，虽然我内心一万个想让他送。后来的结果可想而知，父亲也没有好意思张嘴说送，只是出发前就拿出纸火要出门。我跟在他身后，去母亲的坟头上香。这个仪式有些突然，但是我知道父亲想用这种方式告诉他的女人，儿子有出息了，儿子要去大城市上学了。

还是一路无语，从坟地出来，一个男人领着另一个男人，往村庄外头走。

一想到终于可以摆脱父亲了，我一路上就显得很开心，父亲的步子却很慢。到了大巴前，没想到他拨开人群抢在我上车前就替我占好了座位，安置好了随身行李，指了指座位就下车了。对于出发，我已经有些迫不及待，以至于忘记了父亲还在车下送我。直到大巴启动的一瞬间，我才看清父亲佝偻着身子冲着我摇手，脸上是另一种说不清的表情。

那一刻，我突然就莫名地难过起来，在这场父与子的对决中，我明明是赢家，可面对车窗外的对手，却有一种被击伤的挫败感。大巴车发动的瞬间，我的眼泪就不争气地下来了。

同学笑话我这么大了还舍不得父亲，他们不知道，我这泪水里包含的内容太多。

五

这一走，我就再也不打算回来了，这肯定也是我的"敌人"——父亲所希望的。

毕业，找工作，买房子，在这座城市扎根，这些事情我都没有告诉过父亲，哪怕一个字。离开这个男人之后，虽然很少联系，但是我知道，我们都在用自己的方式融化彼此心中的芥蒂，但是这些谁都没有说出口。

是一个电话再次把我召集到了父亲身边。他的父亲我的爷爷，在走过八十年的岁月之后，闭上了眼睛，作为他最疼爱的孙子，我必须回去，必须跪倒在他身前，感谢这享受了二十几年的隔辈亲。

班车到达村庄的时候，已经是黄昏，暮霭沉沉，整个村庄显得静谧，好像万物都在为我的爷爷默哀。刚进村头，我就把忍了一路的泪水释放了出来，可是我不准备哭出声来，我不想让人知道我此刻的悲伤，更不想让父亲看到我流泪，虽然是奔丧，我也要装出衣锦还乡的样子。

踏进院门的那一刻，我还是哭出声来了。看到堂屋里爷爷的遗像，我再也无法克制自己的感情，扑倒在地，一叩首、再叩首、三叩首。我的哭泣，又引来守灵人的集体痛哭，一群可怜的人，只有用哭泣和泪水安慰彼此，相互搀扶，其中也包括我的敌人——父亲。

爷爷入土的日子，父亲哭成了泪人。这么多年，他全靠着这个矍铄的老头子才不至于落魄，在失去妻子之后，是爷爷给他以精神支持，和奶奶二次分家搬到我们院子里来住，从而使得我们度过那段艰难的日子。不管是种庄稼还是过日子，每一次遇到过不去的坎，也都是这个矍铄的老头子化险为夷带一家人前行。这下，这个矍铄的老头子再也唤不醒了，父亲的天彻底崩坍，唯有哭泣，才能化解内心的悲恸。

我突然想起母亲去世的时候，我也是这么哭的，这回轮到他了，我心里有些窃喜，有一种报了大仇的快感。你弄丢了我的母亲，让我的童年陷于泥淖不能自拔，这下好了，你的父亲也没了，接下来的日子，你也成了一个没有父亲的人。

可是快感很快就被悲伤压下去了，一个没有母亲的人和一个刚刚失去父亲的人之间，哪有什么输赢可言啊，无非就是两个可怜的人，一个看着一个。我为我的愚蠢想法感到悔恨的时候，父亲给我递来一身白色的孝服，我们一前一后，把爷爷送进了土里。

六

化解亲人离世所带来的伤感，最好的解药是迎接新人的到来。

爷爷去世后，父亲明显老了许多，或许是爷爷在世他不好意思变老。现在，他是一个没有父亲的人，就不用再装年轻，也不用收起孤苦伶仃的样子，他比我此前恨的那个男人更苍老更可怜。

我以为这个家或许就要这样衰败下去了，妻子的出现让悲苦的生活出现了转机。爷爷去世的第二年的腊月，我们在县城举办了婚礼，是那种既传统又有点洋气的乡村婚礼，保留农村的习俗的同时，婚礼司仪还学着城里人的样子，增加了父母亲互动的环节。

所有的宾客都看着父亲穿着一新上台来了，但是话筒递到他手里的时候，大家等来的却不是祝福的话语，而是泪水，父亲像个没见过世面的孩子，头也不敢抬一下，只紧紧地攥住话筒，哇一下哭出声来，又不敢紧着再来一声，就低着头抽泣着。那一刻，我的眼泪就控制不住了，眼睛又变得模糊起来，父亲还是很具体，我本能地迎上去抱住他。两个男人在大庭广众之下紧紧抱在一起，就这么哭着。

有了自己的小家，我彻底告别了过去，搬进贷款买来的新房子里，经营我的小日子。再回老家的时候，就有人告诉我，应该把你的父亲带出去，让他也过过城里人的生活。我向父亲表达过同样的意思，他只是笑，并不做具体的回答。

一年以后，女儿出生了，第一次做父亲，我开心得想让全世界都知道。第一个电话是打给父亲的，这是我跟他分享的第一个好消息。孩子满月的时候，父亲一大早就从村里赶来了。

我去车站接他，百十号人从出站口涌出来，我一眼就看到了背着包提着篮子的父亲，他是那么的特别，以至于我有一种不好意思去接近的尴尬：花白的头发上还沾着土，洗得发白的上衣油乎乎的，裤腿一个卷上去一截一个拖在地上。我看着这个脏兮兮的人在人群中急切地搜寻着我，还是本能地拨开人群向他靠近。

父亲看到我的那一瞬间，我突然想起小时候等着母亲从集市上回来的场景，眼神里的渴望穿透人群，直愣愣撞上我。我说了声爸你来了，他没应我，急急地跨步跟在我身后。我看了他一眼，他扑哧一笑，说最近地里活多，顾不上收拾就来了。我要帮他拎包，他把背上的包给我，却把手里的篮子死死攥住。

我们拦下一辆出租车，他不知道该坐前面还是后面，我打开后车门把他让进去，结果他手里的篮子先坐在了座椅上，司机明显有些不高兴，让提起篮子，一看，白色的坐垫上留下一层黄色的蛋液。司机开始嘟囔，我赶紧借埋怨父亲打了岔，并承诺会多付清洗费。

一上车，原本笑着的父亲就一言不发了，手紧紧攥着篮子，生怕它再有啥意外。下了车，我问父亲，鸡蛋城市里到处都有，你提它来干啥？父亲说，这是他在村里挨家挨户收的土鸡蛋，有营养，养身体。我突然就怔住了，这个只知道在小卖部里吹牛的男人，竟然为了儿媳妇敲门收鸡蛋，再看看那篮子土鸡蛋，准备好的埋怨就被挡回去了，我伸过手，把篮子接了过来。

到了家门口，父亲一直紧跟我的脚步放缓了，我打开门让他先进，他迟疑了下跟着我进了门。我换拖鞋，他跟着我到了鞋柜前，却不知道接下来要干啥。我让他像在老家一样。他说，那咋行？媳妇出来说了句，爸，你来了，随便坐。之后，他才显得从容了些。

接下来的日子，父亲像我刚进城一样，出门学着看红绿灯过马路，用一块钱坐公交去超市，在家学着用抽水马桶，习惯睡席梦思床，推婴儿车去楼下晒太阳……他尽量让自己显得自然一些，把在村里养成的习惯一一收起来，尽量和我们保持一致。他抱着孙女的时候，用蹩脚的普通话叫一声小名就不知道接下来该怎么说……

父亲在城市里生活的大半年，我看着这个懦弱的好酒的无能的羸弱的男人，突然一下子变成了另一个人，一举一动之间，恍惚觉得他是另一个我。每个周末的下午，我们会带着孩子穿过马路去公园，太阳已经明显偏西的时候，我们再返回来。落日巨大的阴影穿过楼房从城市里渐次撤退，大街上人来人往。我拉着女儿，女儿牵着我的父亲，三个人和各自的影子形成一个不规则的直角，按照自己的节奏移动。这一刻，我的内心明显柔软下来，对父亲所有的偏见也慢慢消解，我想，在内心深处，我已经和这个男人达成了彻底的和解。

祖 母

人一辈子只能死一次，可我的祖母，却死过好几回。

一

祖母第一次和死亡有了关联，是在十五岁的时候。

彼时，严格意义上来说还没长成的祖母，被祖父用两担小麦从隔壁村子里换了过来。

至于嫁娶有没有鞭炮，有没有彩礼，有没有人来祝贺，时间已久，祖母不说，我们无从得知，但我能想象到，一个来不及成熟的女孩子，告别故土的时候，心里有多少悲凉。

披上盖头的瞬间，就意味着和童年告别，和父母告别，和村庄告别，成了别的村庄的人。一个旧时代的乡下女孩子，还来不及学会表达爱，就被生活拽进无底深渊，她只能一个人琢磨、跋涉，努力不让生活淹没。

祖父曾经给我讲过一个关于他成长的细节，由于少年丧母，两岁的时候，曾祖父抱着他去葬曾祖母，结果他硬是把曾祖父的乳头吸出血来。这一口血，似乎寓意了祖父童年的悲凉，也让祖父的性格从此硬朗起来。

硬朗的祖父，娶了祖母之后，内心因失恃而消失的某些东西，被祖母唤醒。因此，他们举案齐眉，他们从头开始，荫蒙子嗣，在乡下传了一段佳话。因为祖母的名声太好，那些年经历过多少坎坷和辛酸，就成了被忽略的部分，我们问祖母，祖母也只字不提。而说到起初嫁到我家的情形，她只是感叹，感叹现在的好日子被一个来不及认识这个世界的人错过。

这个人，就是我早夭的大伯，祖母的第一个孩子。饥馑年代，死一个人，亲人们都没有力气为他哭泣，更不用说一个还来不及认识亲人的早夭者。

没有婆婆的照顾，没有娘家人的问候，初为人母的祖母，看着孩子逐渐冰凉，看着孩子被白布包裹，看着孩子被人抱走，她泪水横流。可是泪水能有什么用呢，死去的孩子不会因为悲伤而重生，内心接近崩溃的祖母，选择用死来跟随。于是，在一个寂静的傍晚，还在月子里的祖母，就把一根绳子甩到了房檐下，三寸金莲蹬开板凳的声音，惊动了祖父，一场还没来得及的死亡，就这样被拦了下来。

随后的日子，大家小心翼翼，只字不提孩子，也不许别人家的孩子进门，似乎把死亡这件事隔绝到四合院外，就能让祖母从孩子死亡的阴影中走出来。事实上，她确实走出来了，柔弱的心，也从此坚硬了些，也只有这样，才能抵抗扑面而来的生活和灾难。

二

祖母第二次和死亡正面相对，是三十年前，和这次死亡有关的细节，因为被我目睹，所以记忆深刻。

一个和别的日子没有任何区别的下午，祖母打扫完四合院，去厨房揉好晚上要吃的面，让它醒在面盆里就去纳鞋垫，差不多纳到第四十九针的时候，起身给门口那头骡子添草。

骡子看上去和平常也没什么区别，祖母靠近，它温顺得连蹄子都不挪动一下，更不要说打个响鼻吓唬人。祖母拿了背篼，从草房子里装来一背篼碎苜蓿草。背篼被从底部抬起来，碎草倾泻而下，骡子槽里泛起尘埃，这画面如果被镜头锁定，或者恰好被路过的画家看到画下来，一定是极美的。

可是，就在瞬间，画面变得血腥不堪。温顺的骡子在毫无征兆的情况下，向祖母逼近，它那两排大板牙，没有朝碎苜蓿草啃下去，而是冲着我的祖母就是一口。那一口，准确地啃在了祖母的下巴上。血，一下子就把那个下午染红了。

或许是疼痛来得过于迅疾，面对如此的疼痛，祖母并没有喊出来，她瘦小的身体背靠着院墙，三寸金莲已经没办法让她稳当站立。摇摇晃晃的祖母被发现时，血已经凝结。

祖父和几个叔伯从地里回来，发现倒在地上的祖母，赶紧叫来赤脚大夫。他一把脉，双眉紧皱，就差说准备后事的话。祖父的旱烟锅一锅接着一锅，叔伯们把骡子打得半死，骡子嗷嗷叫，几个姑姑已经急得快哭了，我站在屋檐下，等着祖母醒来的消息。

赤脚医生说祖母命大，活下来了。这哪里是命大啊，人世间还有那么多苦等着祖母去受，她怎么可能这么轻易就躲过呢。后来，赤脚医生使了很大劲，也只能把残缺的下巴缝合了，接下来的好多天里，祖母依然昏迷，感觉她睡了几天几夜。

夏收时间，庄稼比一个人还重要，祖父带着几个儿子继续收割庄稼，三个姑姑留在家里伺候祖母。那头骡子卖掉的当天晚上，祖母醒来了，卖骡子并不是出于愤怒，是祖父怕祖母没有希望了，准备用卖骡子的钱给她办后事。

这笔钱最终省了下来。

我给祖母拍过很多照片，每一张照片上，她的表情几乎都很相似，我试图找到一个词去描述这种表情，什么宠辱不惊，什么慈祥，什么菩萨心肠，都被一一否定。

照片中，祖母布满褶皱的面孔上，最深的一条是伤疤，它们横呈在下颌部位，一张嘴就随着下颌移动，好像在说着什么。后来，再说起这段往事，祖母只是一笑，或许因为死过一回，她对活着更加珍视。

三

母亲出车祸住院的那段时间，祖母就开始承担养育我们几个的任务。

分家后一直住在三婶家的祖母，先是让三婶做饭多加几把面，到了饭点，我们几个过去，围坐在三婶家的炕桌上，三婶对我们很好，可是到了吃饭的时候，我们总是怯怯的，看上去就知道这是几个没有妈的孩子。

祖母生怕我们被怠慢，索性暂时住进了我家，用母亲做饭的厨房和餐具，给我们做饭。我们坐在自己家的炕桌周围，看着饭冒出来的热气，都不动筷子，都低声啜泣。

祖母就骂我们，说不吃饭不怕饿死。后来，我们就抱作一团，放声哭起来。那时候，我觉得，母亲一定会回来，我们哭是因为想她，担心她。而祖母肯定早就知道，母亲这一回是回不来了，送去医院的时候，她已经软塌塌的，人到这个时候，就剩下死这一条路了，她是可怜我们几个这么小就没有了妈。

母亲从县城的医院被送回来的时候，祖母在我们家厨房里，她听见一大群人抬着母亲进门，手一滑，一只碗就落在了地上，摔得粉碎。

母亲临终前，没有做任何交代，她也做不了交代，氧气管封住了她的嘴，她只能用两行眼泪向所有来送她的人告别。那时候，我年龄小，根本看不出来什么不舍，什么痛苦，就觉得我母亲成这样了，我应该哭，就使劲哭，我一哭，大家就跟着哭了。

哭得最凶的是我的父亲，然后是祖母，最后才是我。父亲近乎是在咆哮，一头狮子一样，被人死死抱住。祖母拍打着土炕，说着老天爷，咋不让我死了换她活着，让我死了换她活着吧。

下葬那天早晨，按照乡俗，祖母被留在家里守着，可是我们已经走到半路，她却撵了上来，我们已经哭得很伤心了，看到她挪动着三寸金莲，急跟在送丧的队伍后面，大家就哭得更加厉害。

仿佛哭声再大点，母亲就能苏醒似的。

棺材落土的那一瞬，我们的哭，达到了最为悲伤的境地。谁都知道，只要土落在棺材上，我们就永远阴阳相隔了。祖母重复着那句话，老天爷，你让我去死换她活着吧！有那么一刻，我竟然想着，如果老年的奶奶，能换回年轻的母亲，该多好啊，我们就不用这么悲伤了，村里那么多孩子没有奶奶，他们照样好好的，可是没有母亲的孩子，就可怜了。

现在，我就成了那个可怜的孩子。多希望时光倒退啊，倒退到车祸发生的那一天，我们一定好好保护母亲，不让她出事。可一切真实得没有余地，我们一铁锹一铁锹把母亲种在地里，这是我们种下的最悲伤的种子。

四

母亲的头七过了，祖母就和祖父一起正式搬到了我们家。

她住在母亲住过的土房子里，用着母亲留下来的农具和家具，做着母亲为我们做过的事情。她一边做着我的祖母，一边又扮演着我生活上的母亲。

可是，她哪像我的母亲啊。我母亲烙的饼子黄澄澄，一口下去不光果腹，还让人回味无穷；可祖母烙的饼子，只有饼子的样子，它们出锅后很快就变得坚硬，我宁可饿着也不去吃。母亲从地里回来，会给我们掐鲜嫩的苜蓿芽，然后拌凉菜，再蒸一锅馒头，热馒头就苜蓿菜，那简直是人间美味；可祖母，上午土豆面片，下午土豆面疙瘩，没一顿能离开土豆，没一顿不是面。

我的胃，都快忘记母亲的手艺了，于是，我以饿肚子来抵触她，来反对她。祖母看出来我的心思，开始换着法做饭，可是乡下就那点食材，能做出什么花样来啊。看着祖母笨拙地在厨房挪动，我的心就软了，胃也开始重新熟悉她的手艺。

到了叛逆期的时候，我无处发泄的淤积在心里的压力，终于在祖母身上爆发了。我已经记不清因为什么事触发了祖孙两人之间的战争，我只记得场面很大，我和祖母对峙着，我用哭声抵抗着她，她手执笤帚站在我对面。后来，她并没有落下笤帛，我知道她虽愤怒，却用了最温柔的处置方式，我蹲在地上哭，喊着要母亲，不要她。

她也哭，说，让我死了算了，这个家待不下去。

这句话把我镇住了，我已经死了一个母亲，祖母不能再死，要不然我就彻底没有人管了。

那晚，我是抽泣着入睡的。祖母也是。母亲死后，我们一家人对母亲和死只字不提，似乎一说到它们，就会再经历一次大悲伤一样。祖母更是小心翼翼，要压制自己内心的痛苦，还要照顾我们，蜷缩在土炕上的时候，我一下子就觉出自己的幼稚了，祖母用余下的人生，弥补着死亡带给我们的创伤。

五

活到七十四岁的时候，祖母就说，自己早就该死了，没想到一转眼就熬到了八十三岁。俗话说，七十三八十四，阎王不找自己去。阎罗王啊，不着急，祖母也不着急，日子还长，慢慢走。

祖母活到八十岁的时候，我们家早就走出了母亲去世的阴影，甚至也顺利地度过祖父去世的悲伤，日子按照它自己设置好的轨道行进着。可这时候，祖母说活着是受罪。

我们问她，受啥罪？她说受活死人罪。可不是，这几年，我们都在城市里生活，把祖母一个人扔在乡下，她守着偌大的四合院，孤苦伶仃。

祖母生性软弱，这辈子从来没有和任何人发生过不愉快，即便是和三个儿媳妇相处，她也贤惠、隐忍，且有长辈的样子，到现在两个婶婶也没有任何怨言。祖母还爱操心，特别是替别人操心，她对于别人的苦，总是像自己遭遇了一样。

那一年，四十八岁的堂哥因肝癌撒手人寰，她为此哭了好一阵子，说那是个好娃娃，老天爷不长眼睛，把这么好的娃娃给带走了，却把她这个老太婆子留着，为啥不让她换了三哥的命。

第一次听祖母说这话，是母亲去世，那时候我还有过让祖母死换母亲活的愚蠢想法，而多年以后再听她说这话，就觉得祖母是真的心地善良，一个连自己的名字都不会写的乡下老太太，有悲天悯人之心。

后来我发现，她这话后面的含义很多。自从上大学后，每年只回两三次家就成了常态，村庄里的生老病死，就只能通过祖母略知一二，每次回去，祖母说得最多的，便是生死。谁谁谁死了，谁谁谁家生了个大胖儿子，乡下一整年的生死，在祖母的唇齿间就这么过去了，她说得轻描淡写，我听得浮皮潦草，因为我发现，她所说的人名字对应的那个人，在我脑海里已经搜索不到任何信息了，他长什么样子？住在哪个巷子？他的子女分别叫什么？一概没有答案。

祖母说完一串名字，总要说死去的人比她小多少，并且每说一次，就连带一句，要是换我去死多好，他还这么年轻。这一句说出来，我就不能浮皮潦草对待了，我仔细听祖母的分析，这家几口人，这些年如何不容易，他家的日子又是如何从坏变好的。日子好过了，人没了，你说去哪说理去。

祖母说这话的时候，我就想起我们家来。那些年，我们的日子紧紧巴巴，又遇上母亲遭遇车祸离世，感觉整个家庭就要撑不下去了，好不容易熬到我们有了变化，可是乡下的家却空了，只留下菩萨心肠的祖母，在寂静中熬着。现在，她唯一能做的，似乎就是在寂静中等待死亡的到来。

六

我做过几个跟祖母有关的梦。

记忆最深刻的，是一次梦见她死了。梦里，她面目清秀，穿着过年的新衣服，手里拿着糖果召唤我们。我们朝她聚拢，可不管我们怎么走，都无法靠近她。很快，她就被硕大的雾气包裹着，坐在仙鹤身上，那鹤翅膀伸开，就把整个村子都收到翅膀之下。

我着急地追上去，可是怎么跑也跑不过仙鹤。我大声呼喊，祖母祖母你别走，可祖母像没听见一样，头也不回地远去了。祖母驾鹤远去，这不是意味着她死了么，我从慌张中惊醒，半夜四周无声，只听见院子里的风，扫着屋顶。

多年以后，我在《百年孤独》里遇到一位叫乌苏拉的祖母，她和我的祖母一样，活得忘记了岁月，不同的是，她把自己定格在古老的传奇里，而我的祖母，只出现在我的稚嫩的文字里。

另外一次是真切地梦见祖母死了。她面盖白布，躺在地上的一团麦草中。我们把这个叫作落草，一个人落了草，这一辈子也就结束了。我的祖母在我的梦里，完成了这个过程，我守在她身边，不停地无声哭泣着——我明显感觉到自己声音很大，可屋子里却寂静无声。

这个梦，我没有被惊醒，我知道，这一天迟早会来，甚至还盼着它早点来，这样祖母就可以解脱了。整个过程和我经历的另一场葬礼毫无二致，唯一区别是躺在草上的那个人，由母亲换成了祖母。

第二天一早，我告诉妻，我梦见祖母真的死了。她开心地劝导我，说这是祖母增寿呢。我听着这话，心里却很复杂，祖母已经够老了，难道还要再老下去。都说梦是反着的，可是生命的长度有限，祖母已经走过了几乎全程，她已经无限抵达终点，并随时和我们告别，或者不辞而别。我们做好准备，我们谁也不愿意让她再受罪，我们谁也不愿意让她走……

七

祖母最难熬的日子应该是晚年。

十多岁嫁到我们村很快就遭遇婴孩早夭的痛楚，早就在心里结了痂，别人不揭开，祖母就小心翼翼守着不触碰它。被骡子咬破的下巴，还留着明显的伤疤，祖母已经习惯了这道疤，也忽略了它背后的血腥和疼痛。而母亲去世时的痛苦也应该消散了，这几年她已经不再提我们是没有母亲的孩子这事。

现在，她既是父亲的母亲，也是我们的母亲，她承担了母亲所有的角色和使命，甚至还超脱了母亲所代表的涵义。可以说，祖母现在没有能让自己伤心的事情，但是她就守在偌大的四合院里，一个人守着孤独，这事比任何事都令人伤心。

我无法想象她的孤独究竟有多少，但是我知道，一个人的时候，她会把祖父的照片摆在桌子上，长久地凝视，而当我们回到她身边，那张照片就被收起来，我不知道是祖母怕祖父看见我们热热闹闹会更挂念我们，还是怕我们过于热闹打扰到相片里的祖父，总之她把照片收起来后，我们就不再提它。

我还知道，闲下来之后，祖母就会坐在巷子尽头的屋檐下，盯着另一头，她的视力出奇的好，我们刚出现她就能开心地站起来，我看着祖母小小的身影，心里就泛潮，就感觉终于回到家了。家已经翻修一新，新得我有些陌生，但是祖母还是那个样子，其实她就是老家，也是我回老家的唯一理由。

在祖母心里，有一本我们回家的老皇历，从过完年我们离开村庄那天开始，她就计算着还要等上多少个月、多少个日夜，才能盼着我们回去，重新开始完整的生活，我知道，这样的日子将越来越少，就像祖母留在这人世间的时间一样。

八

有那么一段时间，祖母余生就只剩下死亡这件事了，这次她真的要死了。

我们这些散落在各处的，流淌着祖母的血液的，在她暮年里无法陪伴她的不肖子孙，一个一个从外面赶回来。这是近几年里祖母身边子孙最多的一次，也是此生中最后一次。

农历九月的阳光，从窗户里钻进来，屋子里的每一个角落里，都落满了光，也站满了人，每个人都领受着光的恩赐，每个人都小心翼翼收藏着悲伤和泪水。

屋子里的祖母行将就木，弥留之际她安静得像不存在一样。祖母在最后的时光里，已经不认识人了，整日沉睡，似乎要把这辈子欠下的觉睡完再走，亲人的呼喊已经没办法让她苏醒。这样也好，祖母忘却了活在世上的亲人，就再也不用为我们牵挂，随后的时间里，让我们思念她老人家就行，毕竟她累了一辈子，也该无牵无挂了。

祖母躺在炕上，我想起气若游丝这个词来，此时它妥帖、恰当地描述了祖母的状态，我能听见她喉咙里的细小嘶吼声。像粗粝的气，划过器官，又被什么挡住一样；也像洪水，马上要走完曲折的路径，迎接平原。

祖母此生生性胆小怕事，临终也不敢打扰别人而闹出动静，只让身体自己发声。她应该在和自己做着抗争，这是她一生中最勇敢而又没什么用的一次抗争了吧?

呼吸永久性停留在阳光散去之后。是屋子里的光变成灯光时，祖母体内的嘶吼才消失的，这个时候似乎适合死去。守在一旁的大伯听不到呼吸，就把手凑到鼻下，然后用一声大哭向大家汇报了祖母的死讯。

张爱玲说，然而现在，她自己一寸一寸地死去了，这可爱的世界也一寸一寸地死去了。是啊，这可爱的世界，此刻被祖母带走了。她体内的那条河流，在整个屋子溃堤，每个人都放声大哭，只有土炕上的祖母岿然不动。

这一次，祖母真的死了。接下来的日子里，我们像过节一样张罗着祖母的葬礼。如果没有白色的挽联，没有吹丧班的悲伤音乐，没有我们身上的麻孝，大家分明是在庆祝。庆祝祖母的解脱，从此不再为人间的事操劳，庆祝她在大地之上过完一生，要去和祖父会合。

祖母一生没有出过远门，此番一出，却去了最远的地方，我们敲锣打鼓，浩浩荡荡地把祖母藏到祖父身边。送丧的队伍回来之后，很快就又散了，留下偌大的四合院，空空荡荡。

送走祖母，女儿说，曾祖母死了，被埋进土里了，我们春天等她从土里长出来。每一年，都会有人被种进大地，可是没有人能在春天里重新回来。祖母也不例外。

面　孔

一

很奇怪，我竟然从来没有梦见过死去多年的祖父，可一旦想起他，脑海里立马就出现一个饱满的形象：沟壑一样的褶皱，均匀分布，络腮胡像庄稼，等着收割，那双眼睛，没有白内障，却老被眼泪浸润着，不得不戴一副茶色石头眼镜，即便是躺在炕上听秦腔，也不会摘下来。

这是祖父最后的样子，也成了他留在我心里永远的样子。

用我们家公认的话来说，我是孙子辈里唯一一个继承了祖父模样的，可是我却并不这么认为，总觉得和祖父差距太大。在祖父去世后的几年里，有很多次，我在路上走着，遇到陌生的人，他们总能准确地说出我来自哪个村，而在此之前，我并未向他们透露过任何个人信息。他们端详着我，不停地点头，然后试探性地发问：你是不是谁谁谁的孙子？或者你认不认识谁谁谁？在得到我的肯定答复之后，那人就会告诉我，他们凭着我和祖父相似的面孔，辨认出了我的出身。现代技术能准确地锁定人的面部特征，并在茫茫人海中把他找出来，而这个技能，看来在乡下就已经存在许久。

还是叔父和姑姑们，让我接受了我和祖父拥有相似面孔这个事实。他们回忆起祖父时，除了对着遗像沉默，再就是看看我，说我的某个部位像祖父。大伯说我的额头像，三叔说我的络腮胡子像，三个姑姑则觉得，我的身高和走路姿势像。只有父亲沉默不语，作为生物链条上关系最直接的三个人，祖父、父亲与我之间有什么样的关联，他心里最明白。他不说，我隐约能感觉到缘由，但是让我描述到底关联在哪里，我又不知道从何说起。

这个时候，我才开始认真地琢磨起祖父来。和祖父朝夕相处的日子里，从来没有像现在一样对祖父如此感兴趣。如果不是别人说我像祖父，我估计祖父留在我心里的数据，只会剩下一张脸。而为了匹配他，现在我需要更仔细地回忆和审视祖父。

在回想祖父之前，我得先倒倒时光的录像带，并通过流行的大数据方式，把关于祖父的画面定格下来，然后一帧一帧地去回味。在十岁之前，祖父是住在三叔家的，我去三叔家找弟弟玩，他坐在屋檐下磨一张老刃子。看我进去，就拿着刃子朝我头上比画。他知道我最怕剃头，所以故意用这个动作吓我，使得我觉得他是堂弟的祖父，而不是我的。我被这张老刃子吓哭了，他就把我揽到怀里，用络腮胡蹭我的脸，这使我愈加怕他，便挣脱开他夺门而出。我十岁那年的中秋节前，父亲带母亲去滚牛坡的土豆地里拉土豆，一架子车土豆，毫无征兆地侧翻，来不及躲闪的母亲被压在下面。父亲把她送到县医院前，先把我安置到了三叔家，我成了暂时寄养在三叔家的孩子。我发现，这时候的祖父，变了个人一样，他的脸一直阴沉着，一会坐在门槛上抽烟，一会去巷子里朝村头张望，我蹲在屋檐下，拨弄着几颗小石子，内心慌乱而孤单。祖父看我不挪地方，就进屋拿了一颗苹果给我，我咬了一口，眼泪就下来了，苹果的甘甜让我想起了母亲，我说我要母亲，祖父就一把抱住我，摸着头，不说话。我抬起头，祖父的脸上也有两行眼泪。十岁那年的中秋节之后，我成了一个没有母亲的孩子，祖父就住进了我家，他带着祖母，来和我们一个锅里搅勺子。这话是祖父说的，他觉得我们这么小就没了母亲太可怜，就来和父亲一起抚养我们，这个时候，我才觉得祖父是我的祖父了。

为了养活我们一家，他在六十多岁的时候，选择去集市上摆摊，有时候也会去青海、陕西，我没见过他在陌生之地讨生活的表情，但是我知道他每次回来脸上的皱纹都会深一些，额头的白发都会多一些。大概有十年的时间，他满脸风霜，藏着我们不知道的艰辛，而真正舒展眉目，则是在我大学快毕业的时候。我告诉他，我要在省城工作，他看着我一个劲地笑，不说话。我说我要在省城买房子，他还是看着我一个劲地笑，不说话。我说我要在省城结婚，然后把他也带过去，他就哭了，说我娃有出息。这时候，我才发现，这张脸，已经沧桑得可以把眼泪挡住了，泪水也已经没办法滑过他的脸颊，而是像断流的小溪，停在某处。我伸手擦干他的眼泪，背过身去，又悄悄抹掉我眼里的泪花。

回忆到这里，我已经泪流满面了，而祖父的面孔在我脑海里开始变得重叠而复杂。他的肤色重叠了大地的颜色，我没办法准确描述，所以就笼统地称之为土色，是那种长期缺水的土，是那种每年都要被犁铧翻起来的土，也是那种埋人的土。而他脸上的褶皱，明显地重叠了草木的面孔，重叠了山的面孔，他的皱纹和柳树粗糙的树皮一个模样，他的沟壑和乡下的沟壑形状一致，我抚摸他的脸，就等于抚摸了柳树和大山；他的眼睛，则重叠了牛的眼睛，大而圆，目光里永远装着乡下，当然也重叠了羊的眼睛，漂亮，胆小，缺乏安全感，永远朝地下看。因此，一个祖父活在世上，就是一座山活在世上，一棵树活在世上，也是一头牛活在世上，一只羊活在世上。

过去，祖父是叠加的存在，现在他是个什么状态呢？我对着镜子里的自己发呆，对着供桌上他的遗像发呆，也捉摸不出来个所以然来，只是那些当年写在他脸上的表情，慢慢开始能读懂了，可是，是不是已经迟了？

二

二十岁之前，我和父亲在同一条河里流淌，他流到东我跟到东，他流到西我跟到西。二十岁之后，我和父亲就像同一条河的两条支流了，他留在原地渐行渐缓，而我则离发源地渐行渐远。

或许因为二十年前在父亲的影子下太过于压抑，在脱离了他之后的大概十年时间里，我们仅保留着血浓于水的生物学关系，彼此却用沉默保持着距离，既不远离，也无法接近，一年到头，无非就是象征性地打几个电话，仪式性地见几次面，我做什么决定，也不会向他讨教，他做什么改变也不需要经过我同意。

虽然我和父亲，在容貌上并不相似，但是在生活面前的倔强和懦弱却一模一样，如果我不向父亲低头，他永远不可能向我低头，再不缓和这种关系，时间越久，我们的关系越危险。等我意识到这一点时，我的孩子出生了，而我和父亲关系的缓解，就从父亲被我硬生生从乡下拽到城里那天开始。如果我和他，一个住在城市一个住在乡下，我们肯定朝两个相反的方向生长，而生活在同一个区域之后，我们就像两个一样的人，竟然从彼此身上能看见对方的影子。

半年前，父亲那部只能接听电话的老年机坏了，在他的要求下，给他换了一款智能手机。设置手机时，我习惯性地采集了自己的指纹和面部，新手机给父亲，结果父亲用手指头摁半天也无济于事，面部扫描就更不用说了。恢复设置时，就觉得好笑，我怎么能把自己的指纹和脸设定成父亲的手机密码呢？不过，这也让我有了一次和父亲做比较的机会。

对比之后才发现，我和父亲的差别真的挺大，比如，他的手指头短而粗，指纹纹路还很模糊，而我的则长很多，纹路清晰；我们两个的脸部，除了颧骨一样宽大，牙齿都是大门牙发黄外，再找不到共同点。这意味着，如果我们现在不生活在一起，看上去完全是两个没有关联的人，不过血脉这东西很奇怪，即便长得不像，说话的语气、做事的风格，甚至吃饭的口味，总有一样是逃不出相同这个命运的。

我从来不在父亲面前剃胡须，父亲也从来不在我面前剃胡须，每天早晨，我们像两个心怀鬼胎的人，错峰洗漱，不让彼此看到对方的秘密。其实，我在父亲面前没有什么秘密可言，他知道我的生辰八字，也见过我脆弱、无助、潦草的成长，他也熟悉我的性格，很大一部分来自他的遗传，所以在遇到争议的时候，我们不用大动干戈，等着心中的火熄灭。现在，我视为软肋的两个女儿，还得靠他照顾，这也成了我的软肋。

在一起住得久了，我发现，这个瘦削的，矮小的，背有些佝偻的父亲，某个时间段的面孔，竟然就变得和我一样了。我躺在沙发上看手机，父亲在阳台上和孩子堆积木，他们因为一个三角形的木头应该放在哪儿发生争议，三个人甚至为此毁了已经快搭建成功的积木。我赶紧打开拍照模式，准备记录下这一幕，画面里，两个孩子嘟囔着小嘴，父亲也是，他明显比这两个孩子生气，但是他憋着，讨好式地笑了。对着镜头，我暗暗想，这不是我经常做的表情吗？现在，父亲代替我继续做着。

后来我想明白了，两个人之所以避开对方剃胡须，无非是不想以最邋遢的样子开始新的一天。我不想给父亲看的，是我日渐油腻的形象，父亲在一天，我就得像个人样一天，这样他看着不揪心，我活得也舒畅。而他之所以背着我剃胡须，无非是不想让我看到他的苍老，他用六十三年把自己活老，却在我面前扮演着一直硬朗的形象。就这样，两个人小心翼翼，互不说破。

一直健康的父亲，突然患上了眩晕症，妻子担心父亲在家出现突发状况，建议我安装一个摄像头，我自我安慰式地拒绝了这个想法，总觉得他的身体还硬朗，不可能遭遇不测。其实，自从父亲第一次去医院做了全面检查后，我心里一直担心突然有一天他出现我们一时无法接受的情况。按理说一个小小的摄像头，说安装就安装，但是我从心里抵触监视般的关心，更不想看到另一个我和我的两个孩子在同一个空间，他笨拙地装扮成猪爸爸的样子，是我童年所不曾有的，孩子在他怀里慢慢睡去的过程，是我不能拥有的，不去想这些可以安慰自己，一旦盯着监控画面，我会心酸，我会难过，也会嫉妒，我觉得，六十岁以后的父亲，不应该再有三十多岁的面孔。在乡下，他从来没有迎合过谁，这时候也没必要迎合我的孩子，他从来没看过谁的脸色，这时候，也没有必要看我孩子的脸色。

三

此刻，孩子在我怀中睡去，这是难得的亲子时光。我看着她小巧的脸，仿佛看到一朵花盛开，这朵花开得沉静，看一眼，心就融化了。这是我们家的新面孔，她有着婴孩特有的精致和迷人之处，让我深陷其中。

这张面孔出现的时间是 2013 年 8 月 27 日下午，更具体的时间，我已经不记得了，就像已经忘记了她出生时我内心的慌张和欣喜。我只记得看到这张脸的瞬间，自己似乎一下子长大了，就想着我们家从此进入第四代，这张面孔将和我们一起面对生活，不知道为何突然之间会有这么多想法，以至于陷入遐想而忘记要为她做些什么。

第一次和这张脸分离，是送她去幼儿园，我抱着懵懂的她去报名，一路上还以为她会为分离感到不适，会哭闹，可是等我带她到了班级，还没办理入学手续，却发现她已经混在孩子堆里，吃起了幼儿园的早餐。

一切设想都被化解，反倒是我不自在了，在单位干着工作，心里却空落落的，不时翻看着班级群里的动态。幼儿园的老师们，已经熟稔各种应对孩子的方式，她们对可能出现的各种状况得心应手。被她们发到群里的每一段视频，我都反复地观看，突然发现，我竟然无法一眼找到她，视频里，所有孩子的外套都是统一的黄色和绿色搭配，所有的孩子的表情都是一致的。隔着屏幕，我恍惚而又急切。

节假日带孩子去乡下，是我做得最多的一件事。在此之前，我曾尝试着带她去商场寻找快乐，小火车一圈一圈地转，孩子眼里的世界却并没有发生大的变化，无非是咖啡店附近是文具店，肯德基旁边是婴幼儿用品，招牌统一，我无法描述这些场景是否就是大家所说的城市镜像，我对城市都没有深刻的认知，无法将生活着的这座城市介绍给我的孩子。

乡下对于她来说，其实也是跟城市一样陌生的所在，她不懂一群羊的欢乐，也看不明白坐在巷子口等我们的曾祖母有着怎样的孤独。但是她似乎对乡下有天然的亲近，车子一靠近大山，她就一直盯着看，看到兔子就兴奋地大喊，看到野鸡就开心地尖叫。我透过后视镜，看到一张开心的脸，这是孩子应该有的面孔，欣喜而又复杂，面对陌生的世界，她表现出了足够的孩子气。

我还记得刚学会走路那会回乡下，把她从婴儿车上抱下来，她迫切地要在这块土地上行走，小布鞋落在墟土上，先是好奇，然后试探性地前进，踩到小坑的时候，明显不悦，再踩到小石子，就哇一下哭起来，这颗小小的石了就让她的好奇变成了不满，但是她又不让人抱走，倔强地朝前走。我越发觉得，她天然地亲近这土地。

随后的几年，藏在这孩子血液里的乡土情结，逐渐蔓延开来。她跟着邻家留守的孩子堆雪人，用小石子挡住蚂蚁的去路，跟在羊的身后学咩咩咩叫，吃饭的时候蹲在一条狗的身边，肉让狗吃掉，汤也给狗喝。她还喜欢把叫不上名字的野花折回来插在瓶子里，带画笔去田野里要给一棵歪脖子树画像，在一座土堡子下面睁大好奇的眼睛。我不断用手机记录着她的表情，让面对牲畜、草木、孩童、村庄时的面孔留在相册里，这些画面串联起来，是一个城里孩子的别样童年。

离别的日子是这段童年里最伤感的部分。每一次当我们收拾行囊要告别村庄时，孩子的表情就沮丧起来，她的面孔里带上忧愁，我们承诺很快就回来，还是无法让她缓解。我们收拾衣物的时候，孩子也在收拾，她想把八十几岁的太祖母带上，想把土狗喜喜带上，想把邻居家的小女孩带上，想把自己摘的野花带上，想给树画的画像带上，甚至还想把那座土堡子也带上。可是除了记忆，我们什么都带不走，孩子的沮丧变成了哭泣，她泪眼婆娑地和太祖母告别，惹得曾祖母也抹起眼泪。

回到城里，每个星期六的上午10点40分，我和孩子总会准时出现在绘画班，这是我为她报的唯一一个培训班，完全出于孩子的喜好，我不想强迫她接受太多的看起来有益于孩子未来的培训项目，我希望她的童年能随意一些，就像被她画出的那些线条一样。她似乎也明白我的用心，每次都很认真地配合着我。

最开始，她专注于线条，各种线条，平行的，交叉的，粗的，细的，黑色的，红色的，她眼里的世界如此单一且清晰，我知道这是她最开心的时间，没有升学的压力，不需要分辨英语单词里的各种形态，也不用操心粮食和天气，她一抓起笔，就是一条线，滑顺得如同她娇嫩的皮肤。

我向她的美术老师请教关于线条的常识，他为我分析了线条所隐含的信息。才发现，线条清晰、力度适中，是一个孩子最为正常的表达，代表着情绪的稳定，是不是意味着，她画出清晰的线条的那天，她的情绪是最为稳定的。而当她手里的线条变得模糊，甚至细到看不清，就说明她的内心是压抑的。可是她从不告诉我，这一天她缺乏安全感，她的胆小我未曾察觉。我一直不希望看到她的画笔过于强劲，甚至把纸戳破的画面，老师说，这时候的孩子，心里住着一头小豹子，具有攻击性，她把白色的纸作为发泄愤怒的出口，而手里的画笔，则是武器。

每一周的美术培训班都有不一样的表现，我除了用拍照的方法记录下来之外，别无他法。第一次做父亲，我完全忘记自己童年的样子，对干孩子，似乎只有满足，顺从，在这两者都无法让她安静之时，也会有愤怒，也会暴跳如雷，而那时候，她就像戴上了面具，看着如此陌生。很多时候，我学着收敛自己内心的野兽，以图用这样的方式换取她内心那头豹了的好脾气。我不希望她小小年纪画笔之下就出现美术老师所说的最糟糕的状态，如果她的画笔总是改变方向，总是过于强劲，那就说明可怕的犹豫、焦虑和自我隐藏已经摆在我们面前，这不是一个 5 岁孩子应该有的面孔，我小心翼翼守着这边界，就为了让这张面孔，保持灿烂而天真的微笑。

词 条

桃 花

少时家贫，屋子里没什么好物件给我玩，我只能蹲在院子里玩土，晴时堆城墙，雨时修水渠，两只手总是沾满了土，童年也像屋子对面的山头一样，灰突突的。其实，清白之年，整个村子也贫，站在山头上往村庄里看，青瓦遮盖着一座座土坯四合院的简陋，宽大的树叶子挡住一整座村庄皲裂的皮肤，不过一个精沟子的孩子要是突然跑出来，这一切就都藏不住了。

说起遮丑，夏有树，秋有收成，冬有雪，村庄的四季只有春天略显尴尬。这时候，人从冬闲里还没走出来，眼睛闲着就四处看，这才发现，生活着的这座村庄真贫真丑。

好在还有一山的桃花，它们住在村庄北边的陡坡，老 辈人说，这里连牛都走不成，上去就会滚下来，就给坡取了名字叫滚牛坡，不过这么多年，我没见过一头牛从坡上滚下来，倒是见那桃花，风一吹，一片一片落下。

坡上有间隔一米多宽的梯田，却不种作物，就那么荒着，草木按照各自的习性野蛮生长，于是这里就成了村子里最接近原始状态的所在。一到春天，异常热闹，满山的桃花一开，滚牛坡就像画一样，挂在半山腰上，生活的调色板显得生动起来。

这桃花因为长在山上，所以也叫山桃花，可我们更愿意叫它野桃花。

一个野字，既概括了它所在的位置，蔓草在野，桃花也在野；还很准确地说明了它的生存状态，野就是无章可依，说开一下子就开了，不给任何人打招呼，说败就一夜落光了，你都来不及记住它的美。

花是粉的或红的四瓣花，冬天的身子还有一小半还没挪出村子，春天的风就从远处吹过来了，先是冰封的水坝被吹醒，紧接着是土地渐次软和起来，不管是冰面还是大地，它们在春风面前都表现得有些腼腆，而桃花才不管这些，野桃花野桃花，就以"野"的方式迎接春天，她先在光溜溜的枝条上生出一个小骨朵，还没等接到春风的讯息，骨朵就破了，桃花用四个粉色或红色的瓣，来唤起这死气沉沉的村庄。等春风吹过来的时候，桃花已经出落得像邻家丫头了，粉嘟嘟的，在蓝得过分的天空下撒欢。之后，那些叫不上名字的花花草草才汹涌而至，可惜桃花已经提前美过。

我总觉得"红肥绿瘦"这个词说的就是这满山的桃花，你看野桃花一开，远远看去，只有花儿不见叶子，靠近了才发现椭圆状披针形的叶片，小鸟依人般衬托在花瓣之下。等花瓣落了尘，叶子才伸展开来，拨开看，几个毛茸茸的小毛桃藏在身下。野桃花开花，也结桃，不过这桃儿是不能吃的，它们压根也不准备长成桃子的样子，长到杏子一样大的时候，就不准备再长。

桃花结出来的果子，体型微小，味道生涩不可食用，但桃仁可入药。野桃花孤注一掷地绚烂过之后，结出的小小毛桃，像村庄里那些精沟子的孩子，漫山遍野跑啊跑啊，最后在母土上落地生根。我们提着柳条编织的框子，去滚牛坡捡小毛桃，蜕皮之后的桃核，佛珠一样，讨人喜欢，最关键的是，拿到镇上还能换零钱。

桃花的出现，扩展了村庄的想象力，最突出的表现是起名字。我记事的时候开始，村庄里起名字已经从狗剩、麦成、满仓这样的期盼，转移到了桃花、爱桃、爱花这些明显浪漫的字眼上。姑娘们的名字开始带上花的香气，于是，每个村庄都有了几个叫桃花的女子，她们混在人群里，抬起头就像桃花开在山头，面若桃花说的就是她们，她们叫桃花，也有着桃花的特性和命运。她们肆意地开过一季之后，被毛驴、架子车、自行车、拖拉机一一拉出村外，变成别人炕上的女人，脂粉在第一次开过之后就褪去了，素面朝黄土，直到把自己变成一抔黄土。

桃花还让我的童年变得绚丽起来，那时候，我们去滚牛坡，在漫山的桃花下躺着，看天空蓝得快要能映出我们来，许是受到花粉的刺激，小小的内心里生出电视剧里的台词来：我们在桃树下结拜吧。于是，我们就像《三国演义》里的刘备关羽张飞，在涿郡张飞庄后那花开正盛的桃园，备下乌牛白马，祭告天地，焚香再拜，结为异姓兄弟，不求同年同月同日生，只愿同年同月同日死。我们没有乌牛白马，也没有焚香，我们朝着村庄的方向跪下，向天叩首，向大地叩首，向彼此叩首，这个光景，如果有风吹过来，恰好落下些桃花，仿佛这一拜，就让满山的桃花都为我们开了，又败了。

可不是吗，它们开了又败了，给谁开不是开，给谁败不是败。于是，我一直多情地觉得，滚牛坡的桃花会为我开一辈子，败一辈子。这么多年过去了，一到春天，我就会想起滚牛坡上的桃花，时间一长，桃花就像生物钟，它一开，乡愁就迅速笼罩了我。

诗人张枣说"只要想起一生中后悔的事／梅花便落满了南山"，今夜，我要将梅花篡改成桃花，将南山篡改成我的滚牛坡，只要想起一生中后悔的事，桃花便落满了滚牛坡，这样多好。在故乡，我就是一个皇帝，等着她骑马归来，面颊温暖，羞涩。

逃 离

每一次返乡，都像一次声势浩大的逃离，短暂的停歇之后，众目睽睽之下动身，朝着村庄的反方向行进，把村庄扔在身后，装作若无其事地离开。你会看到后视镜里的亲人们，有的在抹眼泪，有的在朝你挥手……你瞬间就眼眶湿润，这预示着逃离从一开始就失败了，可这失败并没有多大的意义。

你看后视镜里，连群山都在奔袭，它们似乎也在拼命地逃离，而留在身后的人和物，只是没办法逃离而已。这时候，你才想起来，村庄里逃离的事物越来越多，多到你都数不清。

莜麦上场核桃满瓢，这句民谚里的两种事物，最先从民谚里逃离。那时候，割了麦子，人们就等着收获南山的莜麦，它虽然也有一个麦字，但是却没有麦子的待遇，做不了主食，饥馑之年仅能果腹。不过，人们并没有因为它的身份而嫌弃，还根据它的特性，做出比麦子更有嚼头的小吃，比如甜醅，再比如莜麦面窝窝头。你可能会问，莜麦怎么能与核桃搭配到一起呢？在我的村庄，核桃树有着鹤立鸡群的优越感，它拥有任何树种都无法比拟的宽大叶片，以及所有树都羡慕的高度，更为神奇的是，它把坚硬的果实藏在绿油油的皮里，并且用叶子遮盖起来，因为树身自带滑溜溜的保护装置，你想知道一颗核桃到底是什么味道，除非等到秋天叶子都落光。心急的人们哪能耐得住性子，就想各种办法摘核桃，结果发现，摘下来的核桃砸开后只有一包嫩嫩的带水的瓢，后来有人发现，莜麦割完的时候，核桃的瓢正好就瓷实了，嚼起来脆脆的，还带着油的杏味，于是就有了"莜麦上场核桃满瓢"的民谚。

现在，民谚还在，莜麦和核桃树却找不到了，它们用自己的方式逃离了村庄。最初，村庄的巷子里都有一棵核桃树，从山上下来，一看到核桃树就看到家，夏天的时候在核桃树宽大的叶子下面躲日头，关于狐狸的古今一讲就能讲一天，讲到要紧处，有叶子突然落下来，还以为是狐狸从树上下来了，我们吃着核桃，坐在核桃树下听着古今，却忘记了给核桃树说些什么，也忘记了给它修剪树枝施肥打药。有一天它的大半个身子突然枯黄，大片的叶子在夏天落下来，我们就坐在叶子上听古今，丝毫没有看出一棵核桃树逃离的端倪。后来另一半也枯黄了，这时候人们才发现，一棵核桃树在人的眼皮子底下逃离了，核桃树的魂已经不知所终，只留下一棵光秃秃的树，不长叶子，不长核桃，挡不住日头也吃不到核桃，几个人就三下五除二把它给砍了，只剩下半截树桩留在原地。

一棵核桃树逃离了，然后是另一棵，接着是下一棵……等我们回过头来想吃着核桃坐在核桃树下听古今的时候，才发现村庄里已经找不到一棵核桃树了。莜麦也是一样，明明和小麦长得没什么两样，还比小麦营养价值高，却只能成为副食，只能在小麦歉收的时候出生。小麦收割的时候，一家人从早忙到晚，收割后的小麦整齐地码放在场里，远远看上去就像个粮仓。到了脱粒的那几天，几头毛驴拉着石轱辘转啊转，碾出亮堂的麦粒晒上一天，就被送进了粮仓里。等新麦碾出面来，先不急着倒进面柜，女人们挖几碗新面，蒸了馒头烙了饼，炕桌摆在四合院中间，敬天敬地之后，一家人才把新面倒进面柜，然后蹲在院里吃新麦做的饭。这一切都充满了仪式感。再看看莜麦，一个人慢慢悠悠晃到地里，割一会蹲在地垄上抽一锅旱烟，好不容易割完了，拉回来场里一扔，几个女人扛着连枷和麻棒就来了，乓乓乓乓一晌午，莜麦就告别了麦秆，被装进麻袋里扔在粮仓的犄角旮旯里，什么时候想起来，就看它的运气。躺在粮仓里的莜麦，最后也忘记自己还是粮食，能变成面，能填饱肚子，它自暴自弃，因为不透气开始发霉，有老鼠嗅到味道，半袋子莜麦被一夜之间搬空，等人们想起莜麦的时候，提起袋子，只倒出一些老鼠屎来，莜麦用这样的方式逃离了村庄。

我还记得赶着毛驴驮着半袋子莜麦去集市上磨面的情形。毛驴走在我前头，我跟在毛驴身后，一前一后，我一会儿抓蝴蝶，一会儿揪蒲公英，毛驴一会儿啃路边的苜蓿，一会儿用蹄子刨地上的土。我们哪像个赶集的样子，这简直就是享受这人间最欢乐的瞬间。女儿出生后，我带她回村庄感受乡土气息，第一个想到的就是毛驴，我准备向她介绍并让她体验赶毛驴的乐趣，可是却扑了个空——在整个村庄转了一圈，没见到一头毛驴。在莜麦逃离村庄之后，毛驴也逃离了？也是，现在种麦子用的是旋耕机，收麦子用的是收割机，碾麦子用的是脱粒机，磨麦子用的是磨面机，在麦子从种子变成面粉的全过程，看不到毛驴的影子，它的存在已经毫无意义，虽然我的女儿还指望着我介绍一只毛驴给她，看来我也只能像写一篇散文一样，用粗笨的文字向我的孩子描述毛驴的长相和特征，用我童年的记忆描述毛驴的用途以及乐趣。

和核桃、莜麦、毛驴一起逃离的，还有糜子、谷子，以及收这些作物的镰刀、石轱辘、石磨，后来我发现，连枷、架子车、面柜这些和作物们有关联的物件，也都一一逃离了，我不知道它们是以什么样的方式逃的，总之我再也见不到它们了，或者见到的也是无法转动的连枷、少了轮子的架子车和空空如也的面柜……这些曾经担任着重要角色的物件，突然一下子从大地上消失了，就像谁启动了删除键，原本存放它们的地方，干干净净。我甚至发现，连大地上的地界都逃离了。最开始，大地是一整块的，只有河流将它们分开过，后来路也将它们分开过，再后来房屋也将它们分开过，再后来，它们就变成了一块一块，属于不同的人。我见过分地的过程，人们用米尺将一块地准确到厘米，然后在恰当的数据范围内，分出几块，两端扔一块石头就算画出了楚河汉界，老死不相往来。有不放心的，就在地界上齐齐地码上石头，一块地就真的成了两块地，这边种玉米，那边就种小麦，不重复，以免过界。人和人之间小心翼翼地恪守着界限，植物却不管，这边的玉米长到那边去，那边的小麦溢到这边来，眼尖的人一把就拔掉了，不让对方知道。牛却不管这事，到了秋天耕地的时候，它一蹄子就把这边的石头踩到那边了，于是两边就剑拔弩张，恨不能跨到对面去。村里经常会出现为地界打架的事情，爷爷做村长的那些年，没少处理过。没几年，这事就消失了，我跑到地里一看，哪里还有地界啊，地已经回到了原始的样子，不是被荒草覆盖，就是被机械化种植的作物填满，看不出任何分界线。地界算是在人的眼皮子底下逃离了，有时候就为那些曾经为地界吵嘴的人不值，你们为它打得死去活来，后来它们就这么逃离了，谁也没察觉，谁也没有为此和大地吵一架。

　　总觉得是植物、牲畜和物件们背着人逃离了村庄，后来才明白，人才是逃得最早最彻底的。先是一个人出去，越走越远，在别的地方安营扎寨，收起方言，混在人群中把自己打扮成村庄以外的人，然后是家人也跟着他的脚步出去了，大门落锁之前，把储藏了几年的粮食腾空，把牲畜赶到集市上卖掉，把家具送给亲戚邻居，把能带走的都带走，人们用一件件物品填满的四合院，重新空下来，盛放旧时光，收留麻雀和野狗。

　　逃离，不仅改变了村庄的秩序，还把人辛辛苦苦经营下来的光景也一一抽离，表面上看，一切变得快捷简单了，节奏也越来越紧凑，可每一个人的内心其实是出现了一个大洞，逃离的东西越多洞越大，人越觉得孤独。重新回到村庄的时候，总觉得缺点什么，又不知道怎么去填补，时间长了，人的心就像麦收后的村庄，变得空空荡荡。

　　就在人们快忘记他们的时候，有一天，村庄里突然来了车队，一袭的黑色，上面裹着白布，大大的奠字明晃晃的，让行走的人和风以及阳光都停下来，注目。大家开始猜测红色的棺木里躺着的那个人是谁，为何会有如此盛大的仪式，诰文上那几行字给出了答案，牌位上的那个名字，却是陌生的，有人质疑这要入土的人到底是不是这村庄里的人。老人从牌位上的先考某某某确认出了死者的信息，这是最早一批逃离村庄的人中的一个，老人们看着这车队，这阵势，满腹感慨，扔出一句话来：离家出走一辈子，到头来还是要回来。

兜这么大一个圈子，最终还是要回到村庄，老人们心里跟明镜一样，他们知道，这村庄不大，可是从这里出生的每一个人，都注定逃不出村庄的手掌心，每一个逃离的人，最后都以死的方式回到这宿命的安排中。

河 流

一

河流，水聚集在一起的地方。

《管子·水地》中说，水者，地之气血，如筋脉之通流者。

这大地的气血，它们有来处，也有去处，比人的脉络清晰。

我们纠结于自己的过去，无非是要确定来处，明确身份，这样才好名正言顺地在大地上生活。

这件事，一开始并没有引起人们的注意，后来意识到要寻根的时候，才发现，知道底细的人已经不在世上，而留在人间的，大多对此也稀里糊涂。

而关于我们的来处，可谓众说纷纭，有说山西大槐树下来的，有说陕西动乱时逃难来的，有说天水逃荒而至……总之，说法越多，越觉得语焉不详，越想闹明白就越毫无头绪。

不过有个线索是可靠的，人一定是受了河流的启发，他们逐水而居，向水学习，聚集在某一处，这样一来，孤单的一个人，才会变成一家人，正所谓一生二，二生三，三生万物。而万物，皆离不开水。

那些弥散的水，从毛细血管一样的河床上流下来，原本是一小股，后来成为很多股，最后汇集成为一条河，因此，它们清楚自己的来处，也知道自己的成分，即便是被截流、阻隔，因为有方向，始终在流淌，不至于涣漫。

可以说，水是大地之上谱系最清晰，脉纹最明显的物体。那些细小的水，和大地的关系最密切，它们来自大地深处，洞悉大地的心思，喷涌而出以后，顺着大地的褶皱流淌，形成河流，滋润大地。

大地之上，一条河就是一座村庄，它有自己的名字、形状、曲折的一生、暗流、错综复杂的隐秘之路……当然，一条河也有自己的命运，人们在河边居住，鱼儿和水草在河里生长，大地因此丰富而又具有多样性。

是不是可以这么说，河流史就是人类生活史，只不过人类是在河流存在很久很久以后，出现在河流上的一个小小注脚。历史的长河，只有河流才是唯一的主角。

在没有掌握重力这回事之前，我觉得，水是这大地之上最聪明的物体，它跟情商很高的人一样，圆滑、坦然，遇到阻隔就绕道，遇到下坡就加速，从来都是坦然自若，从善如流。

二

乡下的河流，大多瘦弱，没有背景，也没有远大宽阔的出路。

从山里或者沟底渗出来的时候，你都无法将其与河流两个字联系到一起，等它们汇集到一起，才意识到，这来自大地深处的精灵们，如此迷人。

神话传说中，人的开始，就始于泥，而泥恰好是土和水的结合，众多的人，需要河流一样多的水去塑造。对应到生物学里，人之初，本身就是住在水里的，温暖的子宫包裹着最初的生命，怀胎十月，人一直接近水，一直依靠水，一直学习水，等出生以后，更是和水相依为命。

本以为命运的河流里，人和水互相关照，其实，是人一生依附于水，如果没有水，生命不可想象。

我们是被缺水缺怕了的一群人，村庄四面环山，像个敞口的大锅，这锅聚人，却不聚水。山上下来的涓涓细流，白白地向远处流淌，沟里渗出来的水，还没来得及形成泉，就被心急的人一马勺舀进桶子里。

为了这一口水，人们得半夜三更起来，趁着月色去排队，等它缓慢地从大地深处冒出来。极旱的时候，人们就没有那么礼貌了，为抢一勺水大打出手的事情常有，经常是水没等到，却等到了打架者的泪水。

在乡下，泪水和泉水，有同样的滋味：咸苦。

我见过最小的河流，是人用嘴喷出来的，短暂而绚烂。乡下人缺水，因此也简化了很多生活的细节，有些人一辈子也可能只洗一回澡，而此生唯——次澡洗完之后，也就意味着这个人和这尘世永别了。

没有水的日子，很多事就得将就，但有些场面是不能将就的，比如出嫁。失水的村庄，人人面带土色，没有胭脂粉饰，也没有滤镜磨皮，对水历来小气的母亲，在女儿出嫁时犯了难，家里的水只够吃一顿饭，这出嫁的脸，又该怎么洗？眼看着迎亲的队伍已经抵达村庄，等一场雨显然不可能，去沟里取水也来不及，邻居家更没有多余的水可以借。情急之下，母亲噙了一口用来做饭的水，让女儿闭上眼睛，当水珠从母亲嘴里喷出来的时候，每一滴水都带着细小的光芒。这一刻，待嫁的姑娘，脸上有了水色。

后来，相近的画面被一个叫刘岳的青年诗人写进了诗歌里：一碗水从天堂运来／渴死了祖父／父亲随手递给我／我递给妹妹／妹妹呀，洗净你尘土的脸／出嫁！

这是一种含蓄的大方的表达，虽然诗人呈现的细节和我所见过的真实生活有些出入，但这首诗歌已经完全表达了失水的村庄在一碗水面前的难肠。

有时候，苦日子能把人变聪明，于是下沟的位置就出现了一座坝。人们把天上的水，地下的水拦截在一起，形成一泊，这是我此生第一次见到河流，准确地说是河，因为它的流动被人为操纵，没有自由可言。

这条被堵死的河，解决了整个村庄的吃水问题，也让村庄温润起来。而原本开阔的下沟，被一道土坝截成两半，上游的水惦记着下游的远方，下游的远方像痴情的女人等着心爱的汉子。制造它的人，已经不怎么走这道坝了，路面长草，上下游的草木，渐次汇合，彼此交换上下游的消息。

从此，村庄里的另一个世界，住在水里的鱼和蛙，以及水藻和被水吸引的飞禽，这让村庄变得丰富而神秘。在同一个空间里，两种不一样的生活互相交织，互相纠缠，彼此成全。

三

大地之上的河流，有很多种形式。

你站在塬上往村庄里看，村庄本身就是河流，四面环山，每一条路就是一条支流，不管风从哪里吹来，或者人从哪里来，路都能带其到合适的渡口。而那从烟囱里升起来的炊烟，不管色泽还是形状，都像极了朝上的河流，它们从厨房里流出来，最开始还是一团，然后就四散了，你会觉得，它们短暂地流淌之后，归于天空这片硕大的海洋。

其实，抬头往天上看，天也是一条河流。平静的时候，没有云彩，天空就变成了蔚蓝的海，遥远而辽阔，就差倒映出大地上的事物；愤怒的时候，云彩裹挟着闪电，要把天和地翻个过的感觉。大地上的人们就躲起来，等着老天爷的愤怒平息，云朵重新变成河流，流到大地上。这样，旱塬上的河流就复活了，在此之前，河床裸露，虚土在风的作用下，代替水流动。

大地之上，植物是更为具体的河流。一棵树站在大地上，根须是向下的河流，深入大地内部，它知道人间的苦乐，也知道大地的深渊；树杈是向上的河流，天空辽远，它们可以肆意生长，翻飞的波浪叶子，婆婆娑娑，无意间就把大地的空间拔高。十万棵玉米笔直，既是一泻千里的流水，又是翻飞的巨浪，在大地上以静态的方式奔腾。豌豆是藏在河床的暗流，弯曲的茎蔓，向深处延伸，蛇一样缠在玉米上，豆荚里藏着圆润的珍珠般的小果子。小麦是平原上的溪流，舒缓、迂回，恨不得漫过整个平原，它的野心比玉米还大。我常常站在麦浪中间，张开双臂，等风吹过来，起伏的麦田中间，我也成了有野心的浪花。

耕种下作物的牲畜们，用蹄子在大地上冲出属于自己的河床。牛走过的地方，泥浆厚实，有积水卧在蹄窝里，这小小的河流留着牛的味道；马跑过之后，尘土四溅的样子和水花四溅的样子一模一样；毛驴性子缓，它应该是曲折婉转的小溪，经过的地方，痕迹涣漫，你都不知道它是不是流动过。

连那些贴在地面上的花花草草，也都是河流，它们细小的花朵，低矮的茎蔓，都是河流的组成部分。打碗碗花用小漩涡让我迷路，马兰用二十二个花瓣把河流分解成二十二条更小的溪流，蒲公英像瀑布，四处飞散……我躺在一地花草之间，觉得自己开始涌动，开始流淌。

人本身就是一条河流，不过是站立的、行走的河流，每一条毛细血管，都像山泉一样，汩汩流出最初的水，血管再将它们运送到身体的每一个方向，这河床，百转千回。乳房是身体这条河的外流河，隆起的部位，喷薄的火山，时而激情暗涌，时而寂静如初，而膨胀的火山一旦爆发，一定有嘴唇作为外流河的入口，一条河和另一条之间，吸吮、吞咽、消化、吸收……没多久，另一条河流就开始丰腴起来。

人吃水的时间长了，就有了水的性情，反复、固执、无情，终有一天，也像水一样流向未知的大地。

四

每到婚丧嫁娶的日子，祖父总会从箱子里拿出那副已经旧得掉渣的家谱，亲手颤颤巍巍地挂在墙上。于是，我们便在祖先的目视下，迎接新人，送别亡人，延续生命。

那时候分不清家谱和中堂有什么区别，都是一个卷轴，都是墨水勾勒，可是家谱挂上去之后，就要摆供品，就要焚香，说话时不可大声，吃饭时要先给家谱上的人夹几筷子。

后来祖父对我说，家谱上住着祖先。再望着家谱时，觉得从第一个人生发出来的先辈图谱，像一条河一样流淌在陈旧的纸上，于是就生发出一些奇怪的想法，我的家族，一部分人以辈分和名字的形式活在家谱上，由时间和敬畏供养，而另一部分人，活在大地上，由土地、空气、粮食、水养活。先辈们虽然离开了大地，但是他们在家族的河流里永存，而我们在先辈的护佑之下，生生不息。

认识了字，知道了每个名字背后的意义后，再回头来看家谱，就仿佛通过这简易的谱系，看到了我姓氏的源流，找到了数典认祖的证据，也从而探知到村庄的历史、地理和民俗。

而以记载父系家族世系、人物为中心的家谱，流到了祖父这一脉，就停住了，名字的部分是一个又一个等着被我们填满的方框。我曾经问过祖父，家谱上为何没有他和祖母的名字，他笑着回我，等我们的名字写到家谱上，你就看不到我们了。那时候，我觉得这一天好遥远，希望它永远也不要到来。

根据家谱的走向看，祖父是我们整个家族的一个关键点，作为家里的独生子，他的存在，代表着某种转折，假如没有他，我们的家谱可能就此断了，祖父的存在，使得家谱这条河流持续流淌着。

在我看来，在整个家族里至关重要的祖父，其实是个保守的人，这一点从他的三个女儿出嫁的距离就能看得出来。大姑嫁得最远，从我们村翻一座山，过两个村庄也就到了；二姑嫁到了紧挨着大姑所在的村庄，两姊妹想见面了，出门走几里地就到了一起；祖父最疼三姑，可是女大不由娘，留不住，祖父就让她嫁到了离我们村最近的镇上。三姑出嫁的那天，我们都还没有做好准备，迎亲的队伍就到了家门口，祖父为此而不悦，对方知道这是他舍不得三姑，便用谁让你有眼光把闺女嫁这么近的话来安抚他。从此，三个姑姑像一条河的三个支流，按照祖父的意愿排列在大地上。祖父祖母有个头疼脑热，三个姑姑就像能感应到一样，齐齐来探视，无非是大姑和二姑相约，然后到三姑家所在的镇上集合，买了点心鸡蛋牛奶，翻过一座山，就守在祖父祖母的身边。

三个姑姑其实更像倒流河，她们被安排得如此之近的好处，在母亲去世后我就切身体验到了，那时候，三个姑姑轮番来照顾我们，做饭、洗衣服、纳鞋底、收麦子……我每次送她们回家走到山顶停下了，看着她们一步三回头的样子，眼眶就湿润了。也正因为这个，我才理解了祖父的良苦用心，只是苦了三个姑姑，自己的清贫日子要操心，心里还牵扯着我们的可怜光景。

和对三个姑姑的苦心安排相比，三个叔父的未来明显让人省心得多，到了合适的年龄，他们便接过祖父手里的鞭子，继续在祖父耕耘过的土地上忙碌，而到了我们孙子辈，情况就明显不一样，我们先后离开了村庄这个小小的河床，分别在上海、兰州、银川、石嘴山等地落地生根。也只有我们走远了，祖父的河流才开始蔓延，他再也没有办法安排每一个人的生活，只能通过电话线小心翼翼地打探我们的生活，就像河流，源头老惦记着支流的去向，支流又未必只顾着往前走，它们心里也一定惦记着源头。

堂妹是祖父这条河流流淌得最远的一支，她远嫁新疆之前，三叔和三婶经历过很长一段时间的思想斗争，他们觉得，就这么一个女儿，虽说嫁出去的女儿是泼出去的水，但是近水能抚慰人，而嫁到千里之外，有个头疼脑热只能两头干着急。

这个时候，还是祖父的话让他们下了决心，祖父抛开他安排三个姑姑的初衷不提，只说年轻的时候去新疆讨生活，曾被那里看不到头的肥沃土地所吸引，也曾立志扎根于斯，可惜最后因为诸多原因未能如愿。祖父这一生，注定要从出生的地方繁衍，而在他心里，从他这一支生发出来的骨血，不一定要一生守着这贫苦得喝水都成问题的乡下。

堂妹出嫁那天，临出门前，祖父喊住她，递给她两个小陶罐，一个装水，一个装土。我们不明就里，后来听赤脚医生三爷爷说，堂妹出嫁前，曾在新疆水土不服过的祖父，特意向他打听了预防水土不服的方法，带水和土则是他根据听来的经验开出的方子。

其实三爷爷也不知道这种做法是否有用，堂妹出嫁的路上抱着的水和土，不一定能一解她的思乡之苦，但可以肯定的是，到了新疆她一定能理解祖父的苦心。后来我专门查找过带家乡水土治疗水土不服的说法，可惜查无所获，只在《本草纲目》《水部》中，看到"水为万化之源，土为万物之母"的话，就觉得，家乡的水土带到远方，就等于把家乡带到了远方。

多少年以后，再想起堂妹出嫁时祖父让她带水土这个细节，我突然就佩服起祖父来，他让堂妹带着的，不光是乡下的水土，还有斩不断的根脉。河流是原乡的标记，是一个人生命的根系，人是背着原乡远行的河流，人这条河流到哪里，根就扎在哪里，蔓延、生息。

五

我一直不会游泳，却喜欢泅渡这个词，这或许和从童年就开始的自我改变有关，也或者，人的一生本身就是一次一次泅渡的过程。

我生活的这条河流，在十岁的时候，出现一个巨大得让人悲痛的漩涡，母亲的去世，让我和我的家庭沉入水底，周遭是深水一般的压力，喘不过气。

那时候，我就知道了什么是孤独，就学着抵挡它、忍受它，尽量不去人群中。于是，村子底部的死水河就成了我躲避孤独的去处。坐在寂静的死水边，看着河水在风的作用下一波推着一波前行，像时光之手推着生活一样，但到了岸边，这波浪就折回来了，风的力量再大，也没办法给它们出路。如此反复，水跟已经接受了现实的人一样，麻木，呆滞，这应该是在千百次努力之后的结果，要不然岸两边的土，为何被冲刷得如此光滑。

其实，这些死水并不是我看到的那么颓废，是我错怪了它们，它们有自己的苦衷，它们没办法告诉任何人，只能隐忍地借着风，冲撞河岸。

那时候，我就觉得那一波一波没有出路的水中，隐藏着太多的疑惑，闹懂它们，就闹懂了人生，可是当时年龄太小，岸边生发出来的少年惆怅，最后都变成了遗憾。我不能一一破解水的密码，在水的启发下开始改变自己。

我开始在书海里寻找出路，最初走很远的夜路，挨冻去镇上的中学，然后再辗转去县城的高中，经历四年的煎熬，在我经历了两次高考之后，终于在一个六月，给自己找到了一条摆脱沉重命运的出口。当我拿着录取通知书准备向村庄告别时，我悄悄去了村庄底部的死水河，告诉它我要走了，死水一动不动，我却恨不得跳进去给每一滴水都说一遍再见。但我什么都做不了，只能蹲在岸边，掬一捧水，洗一把脸，像壮士一样，再也没有回头。

多少年后，再看走过的路时，才发现，人生这条河流，少年时以为困囿于山涧一生，最远也就去个镇上，年轻时去了县城才发现柏油路上的水，随时可以成为河流，也可以随时消失得无踪影，而内心的汹涌，推着年轻的身体气势如虹地湍急奔流，不畏惧狂风暴雨。现在，好不容易冲破壁垒，把泉眼扎根在坚硬的城市，而我的两个孩子，像两股从我们身体里流出来的清泉，开始撕扯和牵绊，这时候才发现，我这条河，已经和乡下的那一潭死水没有两样了，两岸的风景越来越固定越来越熟悉，内心开始有所牵绊，不再如从前般一往无前，奔流也慢慢地放缓了脚步，甚至瞻前顾后，停滞不前。

父亲的河流也被我改道，他本来可以在乡下让风吹，让雨淋，让寂寞裹紧，然后枯竭于此，可是我没动用任何工事就轻易改变了他的方向。进城意味着，本来行至暮年，生命的长河已经趋于平静，已经不容易再起波澜时，父亲被硬生生地引流到了陌生之地。虽然父亲这条河已经深沉得让人不易捕捉到任何情绪，可我还是能看出来他的局促和不安。他尝试着在新的河床流淌，但明显缓慢，没有了在乡下的跋扈，像个学步的孩童一样。有几次，我站在楼上，看我的父亲站在街道的人流之中，神情紧张，紧盯着路河对岸的红绿灯，人群向前，他努力地泅渡自己。每每看到这个情景，眼眶里就有了小小的温热的咸的河流，我并没有想着阻止它们，任由它们在脸的河床上纵横。

在乡下，我走过的路，是父亲走过无数次的路，我流淌的河床，是父亲流淌过的河床，我在父亲的护佑下横冲直撞；而进了城，我和父亲互换了身份，父亲走过的路，我走过很多次，而父亲流淌的河流，不远处就能看见我的身影，父亲在我的影子里，学着适应。我明白他在人群里的无助和迷茫，因为这是我曾经经历过的。刚来到城市的时候，我被夏天扑面的热浪打得措手不及，站在十字路口，又被这路的河床错综复杂的来处和去处所困惑，我脚卜的布鞋感觉到了我的不安，它待在原地，一动不动。

其实，不知道从什么时候开始，一条条叫作乡下的河流，日夜不息地朝城市这片海洋奔波，我们这些终于抵达了城市的水滴们，瞬间就淹没了，只能靠自己找存在感。

我最喜欢的作家帕慕克，曾这么描述河流：当黑暗吞陷一座城市的时候，黑色的流体浸淫着每一个灵魂，洁净的或者龌龊的，张牙舞爪，但它是脆弱的，甚至害怕一根火柴的微光。钢铁表面滑过永世的冰凉，黑暗让美变得遥远而不确定。像伊斯坦布尔的海峡一样，白天，它多么湛蓝和美妙，而到了夜晚，城市的灯光让它成为一个移动的黑域，浪尖上跳舞的灯光让黑暗越发神秘莫测。诗句追逐着诗句，玻璃窗外，呼啸的风带来了夜汛的潮湿气息，斑驳的灯光底下，世界重归无序和复杂。而此时，一个外乡人很容易被城市的暗流吞噬了，包括她的灵与肉。

乡下的很多人，如同我和父亲一样，选择背离村庄，进入城市，他们的灵与肉，随时可能被城市的暗流吞噬。我和父亲，两滴在乡下无法相融的水，在城市的波浪中，紧紧拥抱在一起，彼此引领，时刻提防着这黑色的流体以及暗流。

六

靠山吃山，靠水吃水。除了养人之外，山水还有别的用处，比如给诗人们以寄托，给画家们以灵感，也给落草为寇者以庇护。

水绝顶聪明，也绝顶无情，就成了天然的屏障。一个人和另一个人有仇，一个国家和另一个国家有仇，一条河横在中间，于是双方就老死不相往来，除非河流干涸，时光倒转。

我一直希望有时光倒转的机会，这样，我就可以穿越到童年，回到甘肃和宁夏交汇处六盘山腹地那个叫山河镇的地方。

山河镇，两面高山，山字有了，一条河流从两山的连接处流过，河便跳到了地图上，山河两个字，就成了立在路边的路标，也成了我乡愁的归处。

山河镇有山河的气势，也兼具了镇的内秀，和身边的大山比，它小巧玲珑，却交通便利，三座山聚拢在六盘山腹地，形成小片平坦之地，这不起眼的交汇处，自有它的迷人之处。这里聚山，也聚人，十里八村的人们，住在山上的人们，过路的人们，做生意的人们，就把这里当成了集市，甘肃、宁夏的货物和人，在这里集散，我们的童年，也在这里写了个感叹号。

乡下的集市，大都分布在一条叫甘渭河的河流的两边，从东到西，共有四个集市，一个一、三、五逢集，一个二、四、六开市，一个逢九，另一个逢十五，山河镇上赶集的具体日子我已经忘了，但是记着一条街上挤满了人，我跟在祖父身后在人群里寻找想买的东西时的激动。

集市也是一条河流，货物和需求是重力，把四面八方的人吸引到同一个河床上来。几乎是一瞬间的事，街道上人声鼎沸，面孔各异的人们，接踵而至，扮演各自的角色。赶集的人，脸上写着要买的东西，凑热闹的人，像河流里的泡沫，轻轻一弹，就消失了。摆摊的人或站或蹲，面前的簸箕、脸盆、牛缰绳、剪刀、白布、菜叶子默不作声，和摊主生着闷气。这些都不是我关心的，祖父自有安排，我只操心牛市的交易和羊肉包子摊的板凳什么时候空下来。

牛市在路边的一处低洼的坑里，牛被聚集在这里，形成河流的暗涌，贩子们到处物色买主，然后是卖主、买主，和贩子在衣襟下交换手指头，一来二去，没有一句话，但是买主和卖主的脸色却有着很大的变化，一头牛就有了准确的交易价格。我被这诡异的讨价还价方式吸引，总想知道衣襟之下，是如何暗流涌动的，可一直没有答案。

牛市在十点准时散去，能卖的牛早卖了，没有卖掉的还要回去赶着干活，没有人有闲工夫在这里耗着。这个时候，羊肉包子摊上的人开始少起来，吃早饭的时间过了，吃午饭的时间尚早，精明的乡下人不会在这个时候吃饱肚子，我便趁人少去缠了祖父，叫一笼羊肉包子，狼吞虎咽起来，第一个吃完，才意识到吃得太快了，我应该细嚼慢咽，这样就可以延长吃包子的时间，这样就有机会让同学或者同村的玩伴看见。在集市上吃包子，是那时候乡下比较有面子的事，我坐过好几回，没有一回碰见熟悉的人，这让我觉得很没面子。

集市的河流一般在临近中午的时候就到了尽头，人的河水倒流，回到自己的来处，镇上的街道空旷，像从来就没有河流来过一样。而到了固定的赶集的日子，这里将再次热闹。如此反复，这条季节性的河流，流淌过我的童年，将我的人生从少年带到青年。

很多次，我在所居住的城市逛超市，恍惚回到童年的集市河流里，可是所见的每一个面孔都是陌生的，摆在柜台里的每一件商品，都板着脸。如果超市也可算作河流，那一定是一条被冰封的死水河。

我总盼望着再一次汇入乡下的集市中去，感受人流的拥挤，寻找童年的痕迹。于是，最近一次回乡，我在山河镇停了车，想带孩子找找童年的集市，可是这里已经变成了干涸的河床。长长的街道两边，山还在，河流还在，医院还在，戏台子还在，路上跑的疯子也还在，就是集市不在了，三三两两的人，无精打采，两侧的门面房的老旧手写招牌还在，里面却没有好吃的糖果和能画画的蜡笔，取而代之的，是空空荡荡，以及大铁锁上的锈迹斑斑和厚厚的灰尘。

我的童年的集市河流，在这里算是彻底断流了。

七

往低处流是重力给河流的命运，但人可以改变河流的命运，当然，河流也改变过很多东西，包括人的一生。

乡下的人，一生简单得一出生就能看透一辈子，一个人这一生要干的事情，大地早已安排妥当，人只需要按照时间节点，去完成它们。不出意外，人在大地上出生，也在大地上死去。有些人的一生是一条完整的河，起点和终点之间，隔着好几十年，有些人的一生，像季节性的河流，流不了多久，流着流着突然就断流了。

乡下的人，断流无非是老死、病死和意外死亡三种。三种死亡中，第一种最常见，也是自然使然；第二种最煎熬，就相当于眼睁睁看着一条河流断流；第三种，包罗万象，每一个都沉重而悲伤。我要说的死亡在第三种类型里，它的名字叫溺亡。

如前面所述，一个人最开始的时候，是住在河里的，子宫把人浸泡其中，输送养分、营养，好安稳地等待预产期。按理说从水里来的人，应该是不怕水的，可偏偏没有鱼的习性，于是除了给身体里灌进足够让自己活着的水之外，人对水对河流敬而远之。

水和河流却经常招惹人。大夏天的，我的玩伴本来是跟我们一起捉迷藏的，大家都汗津津的，没觉得热，偏偏只有他说要去河里冲凉，一个猛子扎下去，他就鱼一样消失了，等人们找到他的时候，肚子鼓鼓的 。人们说这是受了水的蛊惑，河流里住着鬼，它们不上岸，却有把人勾引到水里的办法，这个用一条生命换来的警告，对我至今还有作用，我一直对河流充满敬畏。

河流不招惹人，人有时候也会自己投奔河流。乡下的河流里，每年都会有人因为想不开跳进河流里去找答案，或者说，活着活着活不下去了，一头扎进河流里，不活了。这个时候，不会游泳的乡下人，只能看着他在水里扑腾，然后消失。河流成了他们生命的尽头。村里有个叫水生的，长得俊俏不说，还出落得白净白净，当乡下人一个脸色的时候，他就显得与众不同，每个人都被他的白所吸引，而他却被水吸引。一个午后，他从水最深的地方进入涝坝，等出水的时候，水浸泡过的皮肤更加白皙，只不过是那种瘆人的白。人们不知道他为何会选择这样的方式了结自己，但是隐隐约约听说，他的精神出了问题，并且很严重，以至于从自己的名字下手，最后结束自己。后来人们才发现，水生这个名字确实不一般，那时候大家大多叫地生、路生，而他却叫水生，水生的人，最后可不被水收走。

逝者如斯夫。被水带走的，最后也埋进了大地，而大地上更多的人们，继续像河流一样奔腾着，不管是在波澜壮阔的河床，还是在曲折蜿蜒的山涧，一滴水拥挤着另一滴水，一滴水追着另一滴水，勇往直前，生生不息。

土　地

地者，万物之本源，诸生之根菀也，美恶，贤不消、愚俊之所生也。

——《管子·水地》

一

在甘渭河流域，土地是分为土和地两部分的。

土是保持着野性的原始土，也是大众的，无私的，没有具体的归属，谁都可能成为它的主人。它们从一开始就像现在一样，袒露着，只要你乐意，随便使唤它，只要有人需要它身上的东西也随时可以拿走。

你想撒欢，它不吭声，你跪在上面哭泣，它们也不回应，甚至你冲它撒尿，它们也从来不会恼。这些都是我后来才发现的，那时候，我们只觉得土和我们密不可分，我们生下来会走路了，就和土打交道，等长到能放牛割草打酱油，就开始向土地索取。

春天，农家菜园子里的菜才被种进土里，而按照时令生长的野菜，已经拖家带口冒出头来。我们常做的事就是提着铲子去野地里拾野菜，这些土里长出来的花花草草，因为不用操心，所以一出生就名称模糊，因此，我们除了吃它们，还会给它们起名字，顺便也给养育它们的土起名字。

多年以后，我已经忘记乡下的野地里到底是辣辣英辣，还是小蒜辣；也忘记了吃一口苦苦菜，是先苦舌头还是先苦心头，却单单记住了这个"拾"字。那时候不懂字和词语背后所隐含的意义，也没有将其和土地关联到一起，现在想来，从这个拾字，就能看出土地的大方。

如果把植物们比作儿孙，那土地就是抚养它们长大的父母，我们挽着篮子，提着铲子，看到叶片肥大的苦苦菜，就将它们连根拔起，一整个苦苦菜就成了我们的，它们连向土地打一声招呼的机会都没有，而土地对此却不嗔不恼，要是我的母亲，她的东西被别人不打招呼拿走，会追上门去骂的。

我们经常向土借东西，从来没有归还过。我们家的苜蓿，刚好够一头牛吃一年，祖父从春天开始就惦记着秋天的时候储青草给牛过冬，所以苜蓿长到第二茬的时候，不再让我们去割了。我背上背篓牵上牛，去沟里找土借草。那里水草丰茂，够牛吃一夏天的，我吝啬到牛吃了它的草，还不给它一泡牛粪，每次看到牛尾巴微翘，就把背篓伸过去，准确无误地接住，然后背回家。牛不拉粪的时候，背篓也不是空的，铲一背篓蒲公英，晒干能换来两块钱。

放羊的人向土借的东西更多，他们赶着羊从田埂上走过，羊低头赶着草，一嘴下去，草就一个坑，有馋嘴的羊，会把头偏向别人家的地里，那里麦苗长势正好，放羊的人就用牧羊铲铲土，朝那只不安分的羊身上扔，这一铲还带着骂声，是提醒羊走正道，不能吃不该吃的。

野地里的草木就没有这个顾虑，羊群走在田埂上偷窥着麦苗又担心放羊人扔土，就只能忍着。放羊人不是不想让羊吃饱，他心疼麦苗，也怕被人看见了说闲话。一个人的好名声比什么都重要，他们宁愿对着野地说内心的苦闷，也不愿意和熟悉的人吵架。羊走正道了，他就没这个麻烦了。羊和放羊人到了野地，就彻底放开了，羊想吃啥吃啥，吃饱了尾巴一抬，留一些羊粪蛋，把地养肥点，放羊人把自己放展，美美睡一觉，或者冲着老天爷唱秦腔，野地默不作声，好像是被美倒了一样。

多年以后，回想起这些过往，才发现那时候我们对于土地，只有索取，从没想过要报恩。而动物们就不一样了，它们躲在土里，知道土的冷暖，知道土的薄厚，它们把窝安在土里，随时能听见土的脉动。它们还把粮食藏在土里，春天的时候，经常有麦子或者别的作物从土里冒出来，人们以为是土长出来的，就夸这土有眼色，一镰刀割走，招呼也不打。

土是野的地，而野地有野地的脾性，它们野，可以让草木随意生长，以自己喜欢的方式，不管是垴里，还是坡上，种子落在哪里，哪里就能长出芽，长一棵还不算，一长就一片。我们村里有一块不适合耕地却长满野桃花的地方，人们觉得它没什么用，就连名字也不给它起，后来镇上来统计山林植被，村里的人在表格里随意填了个桃花山，从此它就叫桃花山，不过此处只有桃花没有山。有了名字，这一山的桃花就长得更好了，一到春天，它们一准最先烂漫起来。这一坡桃花，是土生出来的，所有繁华和落寞只有土知道。

　　野地收留动物，也收留不知道来路的人和早夭的孩子。有一年，村里来了一个拖着病腿的乞丐，村里人第一次见乞丐，觉得可怜，就让他吃饱了几天，想着他吃饱就走人了，没想到他住在了山神庙的房檐下。大家想不明白他为何留在村里，只觉得他不进山神庙而住在屋檐下这个举动讲究，也就不赶他，让他像一株植物一样野蛮生长。不过，乞丐没多久就死了，这下成了一件麻烦事，人们不知道他的来历，也就不知道如何安置他，商量了几天，村里的年轻人在山神庙附近的荒地上挖了坟，选了个好日子，葬了。每年春节，去山神庙里上香的人，也会顺便在他的坟头烧点纸。我一直觉得，这事干得很漂亮，但是，有个事要说清楚，与其说是村里的人收留了他，不如说是野地收留了他。村里人在他死后两三天里，一直在商量埋葬他的地方，谁也不想让一个陌生人占用自己家的地，只有山神庙周围的荒地没有人觊觎，适合收留来历不明的人。

在甘渭河流域，早夭的孩子是进不了坟地的，人们就想到野地，在人看不到的地方，平出一块地来，专门葬他们。通常，人们会让火先带走早夭的肉身，然后野地收留骨灰，葬了之后大地之上也不留坟头，清明亲人们也不会来祭拜，就只有野地记得它们。

二

在我的划分里，改造过的土才能叫地，地才是真正属于我们的，不过前提是被合法地分配给我们，并且签字画押，盖上红色的章，这样一来，我们就和一块被改造的土地建立了某种关系。我们在土地上想种什么就种什么，包括把死去的亲人种进地里。因此，我们对土地心怀敬畏，像伺候家里的长辈一样，小心翼翼。

祖父和乡下大多数人一样，把地看得如生命和名声一样重，一生清白的他，也在分地的问题上留下了话柄。脑子活泛的祖父，年轻时走过南闯过北，把乡下的活物拉到陕西去换紧缺的麦子，折腾了几年，觉得还得守着老本行，就安定下来伺候几亩薄田。村里人看他见过世面，就让他当了生产队的队长。用祖母的话说，这是祖父此生做过的最大的官，这个职务除了费我们家的鸡蛋和肉之外，再没有任何好处。祖父则反驳，话不能这么说，没好处咱们家那些离家近的肥地是咋来的？

其实，这个祖父嘴上引以为傲的事，却成了压在他心里的一块病。当年，祖父借着当队长的便利，拿到了村里最平坦的几块地，理由是那里埋着族里的祖先，再者坟地太多也影响耕种。祖先的眼光恩泽了后代，要不是埋的地方大，别人准会抢这块地。祖父嘴上说有坟地影响耕地，自己却刚拿到地就提了纸火去拜，向先人们道歉后的第二天，就把长满杂草已经看不出坟堆样子的坟地平整成耕地。别人看到坟地变了耕地，背地里骂我祖父贼，祖父则笑而不语，只是每一次耕那足足有两分地的坟地时，他都走得很轻，生怕惊扰了安睡的先人们。

祖父背负骂名得来的几亩地，很快就不够养活一家人了。我出生的时候，祖父抱着我去村里要地，得到的答复是，村庄里的所有土地已经有了名义上的拥有者，没有多余的地给一个刚出生的孩子。也就是说，我一出生就成了我们家唯一一个没有地的人，一开始，我并没有觉得有什么问题，等我看到村里的两兄弟为了一亩地在地头打破头的时候，才意识到没有地是一件多么可怕的事情。假如有一天，我长到了可以分家的时候，因为没有地，我会不会因此成为一个穷光蛋；再说远一点，如果一直没有地，等我死了，我埋在哪里？

好在这些问题都随着几个姑姑的出嫁迎刃而解。老实了一辈子的祖父，在我的姑姑们出嫁之后，一直没有将写着她们名字的地交出去，而是以家里添丁的名义，继承性地承包着。可是，我知道，那终究不是我的地，我没办法在它上面签字画押，只能偷偷跑到地里，把我的脚印留下。

很多在地里留下脚印的人，最后的最后，都隆重地回到了地里。我们家最先回到土地的，是我的母亲。那时候，乡下死了人，全村人都要来参加葬礼，主人家的孩子们就很神气，开心的时候领着我们去看红色的棺材，看厨房里一个月都吃不完的馒头，看纸扎的小人和院落；不开心的时候不许我们进四合院，不许捡地上没响的鞭炮，不许听哀乐队吹的唢呐声。这些都是他们家的，我们只能顺从，我就想着啥时候我家也死个人，这样我就可以得意一回。祖父祖母都还不是很老，我就死了这条心。可没想到，十岁的时候，我的母亲竟然就用一场意外的死亡实现了我的这个后来让我感到耻辱的愿望。大人们哭，我跟着哭，大人忙着准备葬礼，我站在门口等村里的小伙伴。可是，那种神气却没有来，我失落地站在屋檐下，就觉得，我成了一个没有母亲的孩子。

下葬那天，看着土把我的母亲埋住，我就疯了一样扑上去，我抓住地上的土，不让它们垒起来，可是它们哪里肯听我的。我的母亲从此成了一抔黄土，那时候看《西游记》，孙悟空每次在陌生的地方遇到难对付的妖怪，都会喊土地神出来问个明白。我跪在地上，内心喊着土地土地，可是地面上没有任何东西冒出来，我抓住一把土，扬了起来，土迎着风就刮进了我的眼睛。

我就恨这土地，无情无义。我很多次都去母亲的坟地里守着，想着母亲被种进地里，也能长出来。我用泥水捏一个母亲，把她放在坟头，然后就哭个不停。我向土地乞求，让它把母亲还给我，可它冷冰冰的，没有任何回应。

后来读诗歌，看到日本诗人石川啄木的一句诗："一块泥土和上口水／做出哭着的母亲的肖像——／想起来是悲哀的事情。"才知道，全世界的土地都是冷冰冰的，而全世界用土捏失去的亲人的孩子，都是可怜的，这悲哀的事情，每天都在大地上发生。

慢慢长大，我才觉得，土地并不是冷冰冰地吃了人，而是替我们照顾离开的亲人，也就对土地没那么多怨恨，想明白了，甚至还把土地当成了亲人。每年清明、春节，我们给先人上坟，有一些因为年代久远而标志模糊的坟，我们老吃不准它们具体的位置，于是就在大致的方位跪下来，焚香、烧纸、叩拜，认认真真对着黄土做完一整套祭拜仪式。给先人们叩首，其实就是给大地叩首，反过来给大地叩首了，先人们也就领受了我们的敬意和缅怀。

三

其实，对于土地的恭敬，基本卜贯穿了甘渭河流域人们的一生。

户口本上写着出生地，这是土地之上最为具体的故乡；而讣告上，则会写上一个人死去的时间以及埋葬的地点，这样，这人的一生就被完整地记录了。

我曾仔细阅读过一份乡下的讣告，它和报纸上电报简洁的内容不同，乡下的讣告，不光写着生与死，还记载着亡人下葬的时间和埋葬的具体位置。

一个没有地的人，离开村庄可能是最正确的选择，这样，既能避免没有地的尴尬，也可以去外面找找属于自己的地。可是，等我离开，才发现事情并没有那么简单，离土地越远，心里的牵绊就越多，土地像无形的手一样，拽你，牵扯你。你会惦记留在乡下的祖母，是否能健康地撑过这个春天；你会担心祖父留下来的四合院，是不是长满了野草；你甚至会想，睡在大地深处的亲人们，有没有回来过，他们回来会不会为看不到我们而着急。

于是，就一次一次在梦里，在记忆里，回到土地之上。我至今做梦，还能梦见我在开阔的土地上走路的情形，四周是看不到头的土地，我走啊走，走啊走，就是走不到头，我停下来，却发现身后有东西在追赶我，我实在走不动了，停下来，任由追我的人处置我，我紧张，我战栗，后面发生了什么，戛然而止。我多次自己解梦，觉得这是我人生前二十年的写照，我在这块土地上跋涉，想走出这没有希望之地，走出这枯燥之地，走出这伤心之地，于是，内心就有一种力量追赶我，鼓励我，鞭策我，后来梦境之所系戛然而止，肯定是因为，后面的是不可预测的未来，我不确定我是否准确解梦，也不确定我是否完成了走出这个过程，只知道，不管我走多远，对于土地而言，我只是个暂时的逃离者，背井离乡之后，终究要回来。

进城后的很长一段时间里，我一直被乡土气息纠缠着，以至于别人见到我，就一眼看出来我来自乡下。每一次从乡下回来，我做的第一件事是洗澡，让城里的水从我刚从乡下回来的身上浇灌下来，从头到脚，冲去我从乡下带来的土味。我并不是觉得这身土味有什么不妥，我只是想从味道上和城里人近一些，这样就能掩饰我的乡土气息。其实，这些年在城里生活，基本的技能都是靠在乡下的土地上生活了二十年积累下来的，在城市里走得稳，也无非是因为乡下的土厚实，给了我根基。而在这一点上，我的父亲却刚好和我相反，每次回乡下前，他会洗一个长长的澡，把在城里穿的衣服换下来，穿上乡下穿的衣服，然后奔车站而去。这样，他就可以从容地坐在乡下的亲人身边。

注意到这个细节的时候，我才发现，不光我逃离了土地，还捎带着把父亲带离了乡下。从根本上说，这事是违背了祖父遗愿的，虽然他并没有留下任何遗言，但是凭着他一生对土地的挚爱，他肯定希望他的儿孙们能守着他用名声换来的土地。可是现在，事情完全不是他要的那样了，那些曾经长着庄稼的土地，要么种植着果树，要么埋着人，要么长着草，这都不是祖父想要的。我们为了让他安心，每年在埋他的那块地里种玉米，修长的玉米秆拔地而起，郁郁葱葱，祖父的目光无法穿透，他只能眼睁睁看着身边的玉米生长、成熟、收割，而对于其他地里的状况，一无所知。

父亲刚进城的那段时间，我曾为我们如此对待祖父留下来的土地而感到惴惴不安，所以清明节和春节跪在他面前，内心总是忐忑，怕他看出我们的愧疚，因此怪罪于我。后来我发现，有些事是迫不得已的，比如，如果父亲一直留在乡下侍弄那些土地，我的孩子就要找没有血缘关系的保姆来带，在土地和孙子面前，父亲知道轻重，所以，他只能违背自己父亲的意愿。而时下，这种违背，在乡下越来越多，祖父泉下有知的话，他也一定能理解，他们侍奉了土地一辈子，肯定不想只在大地上忙活一辈子，他们肯定希望儿孙们能有一天摆脱折磨人的土地。越来越多的人离开，越来越多的土地被闲置，甚至重新变成原始的样子，有人开始想办法，他们把闲置的土地流转起来，让留守在村庄里的人来打理，如此一来，离开村庄的，就不用担心侍弄了半生的土地荒芜，也不用为瞒着死去的人而内疚。如今，土地有它们新的命运，儿孙也有他们的去处，祖父肯定希望，儿孙们能有比自己一生更宽阔的活法。

有些东西充满了矛盾，在土地上劳作的时候，觉得这面朝黄土背朝天的日子没有尽头，好不容易逃离了乡土，又似乎被某些东西牵扯着。经常会想起土地，那些充满了记忆，又藏着我们太多秘密的土地，开始变得沉重起来，它就像一根线，总是想把你拽回去，然后永久性地留在原地。这些年，我离土地越来越远，本来没有学会侍弄土地的我，甚至连作物的生长常识都变得模糊起来。不过，这不影响我一到假期就带着孩子回去亲近土地的习惯。站在土地之上，我不止一次地告诉她们，等我死了，要回到这里来，她们只回答我一个嗯，我知道她们还不熟悉这片土地，也无法理解我落叶归根的夙愿，好在她们对这区别于城市的所在，表示出了浓郁的兴趣，看到她们不反感土地，并且自然亲近土地的样子，我就放心了。我知道，不管我有多远，混成什么样子，只要我想回来，这片土地绝对会热情地接纳我。

清　单

每次我回乡下，带一些东西去，返城时再带一些东西来。带回去的是物质的，可见的，而带回来的，则是巨大的空虚和回忆。这一来一去，记忆的口袋里，东西变得越来越多。这份掺杂了食物、药物、植物和动物的清单，有些具体，有些抽象，它们串联着我生活过的乡村和城市，记录着我的来处和去处，每一件物，也都是证物，我把它们保留在纸上，只为给自己留下一些线索，这样我就不至于迷失在城市时，找不到回乡的路。

食物篇

回来，不光是和亲人乡邻的相遇，还有一长串味蕾熟悉的食物在等着你。

二○二○年十一长假的第一天，汽车在京藏高速上一路向南狂奔，脑子里突然就冒出了这句话。

事实上，我并不是一个擅长于吃的人。长这么大，除了馋祖母的茶饭，也喜欢大家喜欢的美味，所以就没有什么特别的喜好，也没吃出啥名堂。

由于体重日渐增加，我也老劝自己，体检报告里有十三项指标都飘红，得管住嘴，可是每次回乡下，就想着难得回来，不能亏待自己。于是，每一次回来便会有一份食物清单。

这次回来，排在清单首位的食材是白菜，需要十斤，附加粗盐两袋。祖母要在秋天的时候，把整个冬天吃的咸菜腌上，白菜是腌咸菜的最佳食材，而粗盐能给它提味。

辣椒和蒜若干。祖父生前最爱吃辣椒蒜，家里也总有祖母用熟油拌好的辣椒和蒜。祖父去世七年，辣椒罐和蒜罐从来没有空过，吃饭的时候，它们摆在餐桌上，不吃饭的时候，它们被祖母放在堂屋的八仙桌上，那里供着祖父的遗照。

胡萝卜三斤。我们那时候吃胡萝卜，从不去镇上买，每家的菜园子里，最不缺的就是胡萝卜。孩子们在巷子里捉迷藏，饿了又不想回家找吃的，就到附近的菜园子里随意拔一根胡萝卜，在腿上蹭掉泥，土腥味还没除干净就咔嚓一嘴咬下去，满嘴甘甜蔓延。那时候我们经常模仿大力水手吃菠菜的样子吃胡萝卜，然后兔子一样在村庄里胡蹦乱跳，似乎永远不知道疲惫，后来才知道，胡萝卜里的胡萝卜素可以维持眼睛和皮肤的健康，改善夜盲症、皮肤粗糙的状况，这看着粗糙的大地，馈赠给人们的食物，竟然藏着那么多功效。

祖母让我买的胡萝卜，我以为是腌咸菜用的，有了胡萝卜，咸菜就会咸里带着甜，这跟乡下生活之味一致。可她并没有按照我设想的来做，而是把胡萝卜切成丝和丁，在面条上撒一些，在白米粥里撒一些。原来，她怕吃惯城市口味的重孙女们，不认乡下的粗茶淡饭，想着看到黄黄的胡萝卜，一定能多吃几口家乡饭。

事实证明，孩子们确实吃不惯，她们的味蕾也根本不是一根胡萝卜能激发的。这用了心的胡萝卜，最后都让我吃了，对此，祖母应该没有意见，我知道，在众多的儿孙里，她一直偏爱着我。

每次回乡下，经过镇上的时候，我都会先去镇东头那家饼子店买些馍馍。我开车有个毛病，跑完高速就一整天不爱吃东西，这样容易血糖低，会眩晕，而镇上软和热腾的馍馍，是必须要吃的，它能治我这毛病，还能调动我的胃，让它快速回到童年模式。

馍馍是乡下人的叫法，书面语叫饼。我总觉得，馍馍是世界上最伟大的发明之一，面在一系列工序之后，变成了饼，吃着口感酥脆，还便于携带。我那时候在镇上上中学，全靠馍馍护佑我的胃和正在发育的身体。时间长了，我就成了馍馍肚子，几日不吃馍馍就会想。我最喜欢在馍馍刚出锅的时候吃它们，乡下人都说，新媳妇的舌头和腊月里的猪肉最好吃，那时候我不知道新媳妇的舌头是什么滋味，只吃过腊月的猪肉，但是我觉得，刚出锅的馍馍，比腊月的猪肉香多了，咬一口，应该像新媳妇的舌头一样。

说腊月的猪肉好吃，可能说的并不是猪肉本身，而是一种记忆。那时候，我们每家都养猪，按理说，养一头猪，既不能耕地又不能下蛋，最不划算，但是乡下人最看重的春节却少不了猪肉。亲戚进门，猪肉臊子面先得端上来，这是朴素的乡下人待客的基本礼遇。

小时候到镇上，总是要买点东西回去的，跟着父亲赶集，喜欢啥，一定得不到啥，回来的时候提着他觉得我们需要的东西，小嘴噘得老高。现在，领着我的女儿在镇上的商店转悠，她们要啥我买啥，弥补式地，再买点自己当年想买又没买到的，最后才想起来要给祖母买一些生活必需品。

猪肉必不可少，祖母的意识里，招待客人不能没有猪肉，我们一年回来一两次，跟客人一样，也必须有肉。我通常会买肘子和猪头肉，肘子留给父亲和孩子吃，猪头肉绵软，祖母嚼得动。肉提回来，祖母就全部分解了，满满几盘子全端上来，我笑话祖母，这是猪开会还是猪亮相，她就骂我嘴贫，说猪肉也塞不住嘴。

我年少的时候，猪肉是按照规划吃的，猪蹄子和肘子，只能在年三十晚上煮，家族里的亲人们来拜年，要用这个下酒，猪头肉年初一吃，说法是稀里糊涂吃吃喝喝，过年啥吃法，这一年就都这么吃。

猪身上其他地方的肉，可是要严格按照规划来吃的，节俭的人家，一头猪能从腊月吃到来年的端午节。那时候没有冰箱，猪肉就被炸成肉臊子，压在缸里，做饭的时候，用勺子挖一点出来，拌在饭菜里，就当吃了肉。

乡下的素淡的生活，就这样带上了荤腥气。其实，除了有点肉味，是根本见不到肉末的，相当于猪油。这也能吃出过年的味道，那时候我们的日子贫瘠而又充满向往，总觉得离顿顿吃猪肉的日子不会远。

这样的日子确实不远，现在，两盘猪肉摆在餐桌上，两个孩子的吃相，很像小时候的我，而牙齿松动的祖母，已经不大吃肉了，她看着我们吃。我突然就想起小时候过年，我们一家围着一盆子猪肉大快朵颐，祖母就在一边看着，不时递盐和醋过来，就是不吃肉。我们老以为她不饿，是啊，难怪她永远那么瘦弱，祖母似乎就没有饿过，这么多年，她靠什么活着啊？

药物篇

以前，祖母靠什么活着，我说不清楚，现在，她靠药物活着。

我准备去镇上前，问祖母还有什么要买的，祖母就拿出她的药盒子——那个童年里装满好东西的木匣子，里面装着半盒子的药。

祖母的这个小匣子，是从娘家带来的，抽拉式，带个小锁，外形别致而见木匠的功底。

出嫁的时候，这匣子里装着她所有的小物件。后来，这匣子里装着她的嫁妆——一对银手镯和两个金耳环，以及春节要发给孙子们当压岁钱的崭新人民币，还有旧年里留下来的粮票，爷爷的烟锅嘴，叔父们参军前拍的照片，有时候也会有些许糖果、饼干。

这个匣子原本被祖母锁在衣柜里，只有我们不在的时候才拿出来，我从这里面骗走过面值 20 元的人民币，偷偷戴过银手镯，吃过甜得让人心里发慌的糖果。在我贫瘠的童年，那个盒子跟阿拉丁神灯一样，满足过我。

我不知道这个匣子是啥时候空了的，又是啥时候变成了药盒，只知道，祖母现在确实没有什么可以装进去了，除了药。

祖父走后，我把他的烟锅带到了城里，挂在书房的书架上，看着它，就觉得祖父站在那里看着我，这样，我不至于在读书的时候分心。我上初中的时候，就是在祖父的注视下学习的，他不认识一个字，让我们兄妹好好读书，我听着他吧嗒吧嗒吸旱烟锅，就盼着书本里的知识能像烟草一样，用烟锅吸进身体里去。现在，烟锅头不在乡下了，而离过年还远，崭新的人民币没有必要提前准备，旧年里留下的粮票和老照片，已经不知去向，糖果现在不用藏在木匣子里，木匣子里就只剩下银手镯和两个金耳环，以及一张长期的二代身份证，它记录着祖母出生的时间。

我想，祖母应该是嫌匣子太空吧，就把药装了进去。她从匣子里拿出几片已经吃完的胶囊片，说这两种药各样给我买一盒。我才发现，祖母的盒子里的药，竟然涉及心血管、牙疼、中耳炎、肠胃病等多种疾病。

这个生于一九三二年的老太太，身体已经到了靠药物维持的时候，可是她坐在我面前的时候，完全看不出来她已经垂老到要吃好几种药。我老觉得她像泥塑的菩萨，多少年了，一直是那个样子，面色红润，皮肤光滑。可当我近距离观察她的时候，才发现，那红润是老年斑在聚集，而光滑的皮肤是因为失去了水分。

木盒子里的健胃消食片，是我所熟悉的药，小时候生活还不是很宽裕，家里的粮食交过公粮之后，剩下的一家人刚好吃一年，每个月多少小麦要磨成白面，这些白面多久能吃完，这些都要心中有数。祖母不是个精打细算的人，有时候也会出现寅吃卯粮的情况，祖母就想办法用粗粮填补空缺。乡下人吃粗粮是吃不腻的，就怕吃得久了，肠胃受不了。我们小时候没挨过饿，但经常把自己吃撑也很麻烦，胃跟调皮的小孩子一样，折腾人，祖母就拿健胃消食片来给我们当糖果吃，吃了胃就舒服了，又能多吃饭，循环反复，这味药几乎伴随了整个童年。

现在，轮到祖母用这味药喂养自己的胃了。她的胃，忍受过好几年的饥饿，忍受过槐树皮的粗纤维，忍受过剩饭的亚硝酸盐，有过一家人吃饭它不饿一家人吃完它喝汤的小心思，熬过了饥饿贫穷，这颗乡下千千万万的母亲共同拥有的胃，终于熬不住了，在本应该颐养天年的时候，胃却泛酸、胀气、糜烂、溃疡……积攒了八十几年的毛病，统统出来作祟，偏偏遇上独居的不爱吃饭的坏习惯，祖母只能靠健胃消食片来安抚它，与它和解，可是，八十多年的委屈，胃还能承受多久？

　　阿莫西林分散片是我不熟悉的药，但是对于它的成分和治疗方向，却一无所知，请允许我照录说明书：

　　适应症为阿莫西林适用于敏感菌所致的下列感染：1. 溶血链球菌、肺炎链球菌、葡萄球菌或流感嗜血杆菌所致中耳炎、鼻窦炎、咽炎、扁桃体炎等上呼吸道感染。2. 大肠埃希菌、奇异变形杆菌或粪肠球菌所致的泌尿生殖道感染。3. 溶血链球菌、葡萄球菌或大肠埃希菌所致的皮肤软组织感染。4. 溶血链球菌、肺炎链球菌、葡萄球菌或流感嗜血杆菌所致急性支气管炎、肺炎等下呼吸道感染。5. 本品尚可用于治疗伤寒、伤寒带菌者及钩端螺旋体病。

　　这么多年，生活的不幸没有让这个小脚老太太趴下，这溶血链球菌、肺炎链球菌、葡萄球菌、流感嗜血杆菌、肺炎链球菌、流感嗜血杆菌、大肠埃希菌、奇异变形杆菌、粪肠球菌就轻易让她卧床不起了。祖母过了八十岁之后，我们就最怕秋天，总觉得秋天的祖母随时可以像山上的植物一样被大地收起来。

于是，我们老跟她开玩笑，要是撑过这个秋天又能多活一年。能不能多活一年，完全仰仗秋天，也仰仗这些菌，希望它们像秋风忘记一棵草一样忘记祖母，让她不至于很快凋零，阿莫西林君，祖母是否能熬过这个秋天，全靠你了。

祖母是否能熬过这个秋天，还要靠感冒清热颗粒和银翘解毒颗粒。这么多年，祖母最怕感冒，用她的话说，感冒就像有人把魂给抽走了，走路走不稳，睡觉睡不踏实。这个我深有感触，我应该是遗传了祖母的害怕，对于感冒也是敬而远之，每一次感冒，人都是飘忽的，脚发软、头发昏。可是怕有什么用，感冒还是每年都会眷顾祖母，最严重的时候，祖母半个月没下床，村里的赤脚医生束手无策，送到镇上的医院才见好。那时候，我们一边给祖母治病，一边忙着准备老衣和棺材板，想着祖母这一次是躲不过了。也好，被一场感冒撂倒，然后和我们告别，从此也和疾病、痛苦、孤独告别，这是村里很多老人求之不得的死法，干净利索，还不连累儿孙。可是我们并不觉得受连累了，也并不急着让祖母死去，她活着，老院子里就有生气，老家就还是家，我们打过去的电话就还有人接，如果她死了，老院子就撂荒，老家就没有家，打给老家的电话就永远无人接听了。好在祖母争气，二十天后，可以下地走路，我们开开心心地把她接回家，怕她看见棺材板，悄悄藏起来。

硝苯地平缓释片主治各种类型的高血压及心绞痛，这药我也是熟悉的，祖父活着的时候，它就是家里的常客。我还记着它的性状：薄膜衣片，除去薄膜衣显黄色。服用方法是：口服，每日 1 次，初始计量每次 20 mg（1 片）。

童年有很多个周末的下午，我陪爷爷躺在炕上听秦腔，每每听到秦腔《血泪仇》唱："手托孙女好悲伤，两个孩子都没娘，一个还要娘教养，一个年幼不离娘，娘死不能在世上，怎能不两眼泪汪汪"时，祖父就哽咽了，他是我见过的最刚强的男人，但是也是我见过的泪水最多的男人，我母亲去世那一年，他没有当着众人哭过，但是一个人的时候，总悄悄落泪，有几次他也不顾及我，听到伤心处就泪流满面。看见我，哭得更凶，许是悲伤过度，竟然面色起了变化，呼吸也紧促起来，我赶紧下床，拿来他常吃的几种药，倒了一把送进祖父嘴里，这其中就有硝苯地平缓释片。这药，救过祖父的命，现在继续救祖母的命。

我一直想找一个合适的比喻，来表达对祖母的敬意，可总是词不达意。在诸多被我否定的词语里，泉这个意象，能勉强概括祖母身上散发出来的光环。祖母首先是六个孩子的母亲，泉眼一般散出的六股清流，悠扬婉转或者曲折迷离，祖母竭力让他们走得稳一些，远一些。她用乳汁喂养的六个孩子，开枝散叶，将泉水带到更远处。祖母这个泉眼，一辈子没出过村庄，八十多年里为儿孙们暗自使着劲，她的乳汁早已枯竭，身上的水分也开始流失，已经瘦成干瘪的河床，她需要补充水分，一瓶生理盐水能维持多久，没有人告诉我答案，我只知道，祖母这眼泉，快要干涸了，如果没有生理盐水，她将会枯萎得更加明显。

三代以后，我们这些祖母的血脉，大多已经不在乡下生活了，乡下成了通讯录里的电话号码，联系人是目不识丁的祖母。她这一生，自己的名字都不会写，也就没了文字带给她的煎熬。没有电话的年代，子孙们都围在身边，后来四散离开了，她就着急起来，为了不让她孤独，我们给她安装了电话，后来换成更便利的手机。祖母从来没有拨出去过一个电话，她只会接电话，听到声音了心就放下了，听不到声音干着急，后来她学会了看天气预报，殊不知听到儿孙们所在的城市天气变化，心里更着急。时间久了，祖母垂老的心脏，越发承受不了，于是，速效救心丸就很有必要，它比儿孙们可靠。

我总觉得这些年，祖母除了脸上的皱纹多了，腰腿不是很硬朗了，身体是没什么大碍的。原来我看到的，都是假象，我回到她身边的时候，她拿出来的是自己最好的状态，我离开以后，她就恢复了病态。

我的记忆中，祖母从来没有病倒过，或者说从来没有躺在床上等着侍奉，相反，祖父父亲和我，都被祖母照顾过。我小时候体弱，经常莫名晕倒，赤脚医生对此束手无策，祖母就用土办法搭救我。她也学着赤脚医生的样子，拿热毛巾敷在额头让我出汗，应该是祖母的土办法起到作用，我很快就恢复了，下了炕，祖母就端来了一碗面条，我一直以为我的病只有祖母能治，所以在离开她去外地生活的时候，从来都是小心呵护自己，担心一旦病了，远在乡下的祖母会束手无策。

祖母不光搭救我，还用她的药治疗过她的重孙女。回乡下的第二天，就遇上了雨。雨打在房顶的时候，两个孩子就蠢蠢欲动，想出门和雨亲近，在城里的时候，她们是不可能淋到雨的，雨像街上的过客，除了在同一个空间出现，不可能产生交集，雨伞、雨靴、车、房子，每一个都是阻隔雨的利器。孩子天性喜欢下雨下雪，可只能隔着车窗或者阳台玻璃，看雨落下来。在乡下，雨是亲切的亲戚，来得次数多了不嫌弃，时间长不来还会惦记。到了乡下，孩子们自然可以和雨亲密接触。结果过于兴奋，出了汗淋雨，大女儿很快就着凉了，发烧、咳嗽，整个人迷迷糊糊。回乡下的时候走得急，忘了给孩子带药，正想着去镇上买点药，祖母就抱着她的药盒子来，她竟然也备着孩子们吃的药，药吃完，孩子很快就入睡了，祖母就一直坐在她身边。

看着这个画面，我就想起来我小时候生病的情形，那时候祖母不会去找药，而是拧了毛巾敷在额头，然后用自己的方式疗治我。乡下的孩子好养，城里的孩子金贵，这是祖母常说的，所以她不会用养活了六个儿女的方法去关照重孙的病。我突然有些失落，祖母八十七年的生活经验，在孩子面前失效了，一个留守老人，学着电视上的方法照顾第四代，谁说乡下还停在过去呢。

其实，这些年祖母最大的病，在心上，这病的名字叫孤独，是一种任何言语都医治不好的病。她十几岁嫁到我们村，开枝散叶到最后，孤身一人守着四合院，儿孙们一个个离开，一个个成为心头的牵挂，她的寂寞，只有土狗喜喜知道，结果它还死了。夜里，满屋子的孤独，祖母说天不黑她就睡了，她不是瞌睡，她是怕这黑夜一样巨大的孤独。天亮了，孤独变成了阳光，压在她身上。她想告诉我们，可除了接听键不知道手机怎么才能和儿孙取得联系。她想告诉喜喜，这只狗活着的时候也孤独，现在死了一了百了。她出门去找人说，村庄里多数的四合院都落着锁，两扇大门冰冰凉凉。好不容易遇到个人，不是忙着赶路，就是和祖母一般年纪的，耳朵基本上成了摆设，喊着说话都听不清，只给你个冷漠表情。孤独无处可去，装在祖母心里，压在祖母身上。

健胃消食片、阿莫西林分散片、硝苯地平缓释片、补脾益肠丸、感冒清热颗粒和银翘解毒颗粒……这些药，已经不是清单上简单的名字，它们替我们这些做儿孙的，维持和照看着祖母的身体。临走的时候，我特意去了镇上，按照祖母药盒子里留着的药盒，买了新的药回来。它们责任重大，要保护我的祖母不能出任何意外。

植物篇

保护祖母的任务交给药物，保护村庄的任务则交给草木和牲畜。

如果非要介绍下村庄的位置和形状，我会这样描述：圆锥体的几座山，凑在一起，山的顶部是山野，底部是沟壑，村庄在圆锥接近根部的地方。我一直想不明白的是，为何山会多出一块平坦的地方，来安放村庄，而不是让它呈现出倾斜状，那样的村庄将是多么迷人。

沟是村庄里草木茂盛之地，山野草木次之，我怀疑，这圆锥与圆锥之间，就是植物勾连在一起的，这些植物，还勾连了我和村庄，它们的根和血管一样。

最近几年，我很少去沟里，只是远远看一眼。这一次回到乡下，就突然很想去看看。走到沟口，却有些恍惚，这还是童年时的下湾沟吗？那时候，站在坝面之上，就能完整地看到下湾沟弯弯曲曲的样子，现在，下湾沟已经高于坝面，树木成林，下湾沟被藏了起来。

我沿着小径向下，没入树林，心里忐忑起来，疑心这里会有野兽出没。蒺藜，是我遇到的第一个野兽，它划了我的手臂。小时候看武侠电影，看到流星锤和铁蒺藜飞来飞去，就到处去找相似物，遇到蒺藜时，才发现，高手们的武器就是模仿蒺藜的，不过蒺藜在乡下，并不伤人，还会救治人。

"蒺藜子一升，熬令黄，为末，以麻油和之如泥，炒令焦黑，以敷故熟布上，如肿大小，勿开孔贴之。干易之。"这是我在三爷爷的手抄本《千金方》里看到的句子，乡下人笨拙，经常会鼻青脸肿，身上到处是伤，作为赤脚大夫的三爷爷，常以蒺藜散敷之，身上的肿痛就被这看上去凶险的植物化解了。

那时候，电影里的人飞来飞去，我也学着飞，可就是飞不起来，村里正好修梯田，一层一层的地呈现出来之后，被挖的虚土堆在悬崖下，我们就从梯田里飞奔，然后做一个起飞的姿势，就从十几米高的悬崖跳下来了，来不及做别的动作，咚一声插进虚土。快感来得快，也去得快，没跳几回，我就碰在了硬物上，一阵刺痛之后，眩晕倒地。醒来已经躺在土炕上，双腿被纱布包扎着，剧痛难忍，我以为我残废了，试着抬腿，还能动，再掐，也疼，就放心了，不过腿肿得不像自己的，三爷爷的蒺藜散，就这样用在我的身上。我第一次受伤，是蒺藜救了我。

这带着刺的蒺藜，让我想起了另一种植物——苍耳。想起苍耳，就想起用苍耳和玩伴盟约以及对女孩子的戏谑。那时候，我们把彼此当作此生离不开的伙伴，上学在一起，放牛在一起，打架在一起，每时每刻，形影不离。我们怕分离，就把彼此的衣服用苍耳粘在一起，两个人像连体婴儿一样，这样一辈子就不会被分开了。我们也把苍耳放在女孩子的麻花辫上，看着她毫无知觉在人群里，或者看着她发现后找不到谁干的时那种气急败坏，我们暗自开心，那时候乐趣随手拈来，我们也从来不珍惜。现在，我孤身一人，站在蒺藜身边，回想起苍耳粘着的另一个少年，他现在身在何处？而那个被我们戏弄的女孩子，麻花辫是不是早已盘起？

茫茫人海，我找不到他们，只能去找苍耳。顺着沟往它的底部走，还真就遇到了苍耳，它们像是知道我在找一样，出现在小径的一侧。我采下几个苍耳，想着带回去给孩子，攥在手里的苍耳，已经没有童年时的尖锐，难怪它没有粘住那个少年，让他们流落在天涯。

车前子是我在小瀑布下发现的，明显高于紫云英和别的我叫不上名字的植物，这么说吧，远远看过去，它谦谦君子一样，落落大方，或者是个女孩子也说不定，亭亭玉立。我有一种忍不住要去撸的冲动。那时候，我不知道它叫车前草，它跟前没车，说它是草，叶子过于宽了些。只知道它们晒干了，厘出籽，能卖钱。我们就背了背篓去铲车前子，漫山遍野地找，能铲的都铲了，一粒粒籽变成一毛毛钱，我以为车前子再也不会出现了，没想到多年以后还能遇到它。

三爷爷告诉我，车前子的药用作用，和它的籽一样多：祛痰、镇咳、平喘，车前草主治小便不利、淋浊带下、水肿胀满、暑湿泻痢、目赤障翳、痰热咳喘。车前叶不仅利尿，还能祛痰、抗菌、降压。这味甘、性寒的车前子，被我们铲回来晒干，然后卖给镇上的药贩子。有时候我会想，当年我们采的那些车前子，医治过谁的病痛呢？

车前子医治过谁，我不得而知，蒲公英医治过三哥，这是我亲眼见过的。那一年，三哥老说肚子疼，一喝酒就吐血，去医院检查，已经是肝癌晚期。村子里的人胆子小，一听得了癌，腿就软了，医生计去省城的医院就赶紧去省城的医院，让回老家静养就回老家静养。躺在炕上的三哥，脸铁青，肚子隆起，呼吸已经急促了，送回老家，明摆着是等死。三嫂子不愿意接受这个事实，翻山越岭去几十里地问阴阳，这病咋得的？能好？阴阳不告诉她答案，让回去多吃蒲公英。三嫂子就疯了一样，带着三个孩子去沟里找蒲公英，夏天的时候，蒲公英一簇一簇的，像是知道三嫂子在找它们，可转眼到了秋天，能找的地方都找了，就是寻不见影子。眼看着三哥的肚子越隆越高，蒲公英就是寻不着。秋天还没深，三哥就走了。三嫂子去找蒲公英回来，还没进门就晕倒了，一篮子蒲公英，撒在门口。我在三嫂子家门口，看到一簇蒲公英，就想起到处找它们而不遇的事，这些蒲公英应该是愧疚了，才在三嫂子家的门口扎了根，可是它们再也救不了三哥。

从沟里回来，女儿嚷着要我带她去山上。每次回来，带她去山野是必修课，在城市里，不管是去动物园，还是去科技馆，总有我不认识的东西，面对一个6岁孩子的好奇心，我经常语塞，而在山野，就没有我不认识的物事了。其实，我也渴望去山野，去看看久违的草木。

在山野，遇到最多的是蒿子和冰草，它们比我离开村庄那时茂密。山野已经彻底成为它们的领地，那些此前被逼走的杂草，大摇大摆地回来，小径上，地垄上，到处是它们的影子，它们还占领了被撂荒的土地。此前，它们是被铲子、铁锹、镰刀、旋耕机、除草剂赶走的，现在，铲子、铁锹、镰刀、旋耕机生锈，除草剂自己跑不到山上来，被封印的杂草，获得重生，然后展开疯狂报复。就在我展开想象的时候，放羊娃赶着羊过来了，他像来救援的一样，那群羊不急不缓，我能感觉到草木们已经紧张起来。草木收紧，剑拔弩张，似乎一场战斗随时要打响。可是，并没有冷箭从草丛里射将过来，只有两只锦鸡从草丛里扑出来，女儿被吓得赶紧躲到我身后，我则欣喜地跑到锦鸡出没的地方，试图寻找锦鸡蛋之类的东西，结果一无所获。

放羊的人告诉我，羊的觅食力强，食性杂，能食百草，可我发现，羊就是不吃冰草和蒿子，我摸了一把冰草，它用锋利的叶片回应了我，很明显，它们已经不认识我了，它们也已经不是我那会放羊认识的冰草了。

我一直很喜欢草木皆兵这个成语，感觉杀气腾腾。此刻，山野中，这些蒿子、冰草就是这种感觉，一百棵一千棵一万棵草的眼睛，警觉地盯着我，也盯着我们身后的山野，生怕我们夺回被它们攻占的山野。它们纹丝不动，一定是在想着对付我们的办法；它们随风匍匐，应该是做好了进攻的准备。

草木是大地的骨头，原本的大地到处都是草木，是人用火用镰刀用铁锹改变了大地的面貌，现在，人撤退了，家园却并未荒芜，只是把大地归还给草木。草木是山野理所当然的主人，我闯入它们的领地，怎能不战战兢兢。我们不敢贸然抬腿，只能退回到草木留出来的小径上。

小径上行走，目光不能停在脚下，要往远处看，说不定，在某一个山坡上，就能看见一抹黄，它们就是野菊花。我一直把野菊花当作我乡下远嫁的妹妹，它们远离村庄，不是在半山腰，就是在悬崖边，大地应该是偏爱它们的，才把它们置于人和牲畜不容易接触的地方，这样好留着自赏这孤芳。野菊花虽远，但不孤独，它们三五成群，把花开在一起，远远看去，黄彤彤一片，靠近后，芬芳四溢。我一直有把它们从山野移栽到城里的想法，第一次，我把一整棵野菊花挖了出来，用塑料包裹了根部，小心翼翼把它带进城，我找了最好的花盆种它，把阳台上的花朵移开留出最好的位置给它，结果花开了一下午，还没等天黑就蔫了。第二次，我采了野菊花种子，用土包裹了，把它种进花盆里，一周过去了，一个月过去了，花盆像年轻寡妇的肚子，瘪瘪的，我等不住了，挖开土，发现那细小的种子已经枯了。这野菊花算忠贞的花了吧，离开故土不长，离开花丛不开，它们比我有出息多了。

打碗碗花在秋天是极少见的，因为"打碗"的花语，从春天开始，它就让我们提心吊胆，一个夏天过去了，村庄里能摔的碗都摔了，能打的孩子屁股也已经打了，到了秋天就应该消停。可是，一株打碗碗花就这么突然被眼尖的女儿发现了。她指着白色的碗问我，爸爸，这朵花像个喇叭，你看风正在吹它。我被孩子突然扔出来的句子触动了，顺着她的手看过去，还真有一株打碗碗花。

打碗碗花很有意思，从它的命名就能看出来，乡下人见识少，在田野上遇到一朵花，看着美，就想给它们起名字，但是又没读过《诗经》，更不会翻字典，看它的形状像啥，就给它起个啥名字。打碗碗花的名字一开始应该不叫打碗碗花，可能叫碗碗花，一个碗一样，朝天举着，名字朴素得像它素色的花瓣，后来应该有人摘了它回去就打碎了家里的碗，就给加上了"打"这个字。我那时候没少摘过打碗碗花，回家也抢着端碗，可一个碗都没有打，以至于我怀疑这花名不副实。打碗碗花虽然早已开花，却一直不着不急地开，直到夏季尽头才猛地发起威来，一股脑地全部盛开，有一些坚强的，还能挺到秋天。远远地看上去，那举着的碗，被戟一样的叶子护佑着，三瓣的叶子，硬是把打碗碗花从夏天护送到了秋天。可是，这戟如何能抵挡得住女儿的小胖手呢，还没等我拍照，她就端起了这朵花的碗。这打碗碗花是不是真的能打碎碗，我不得而知，我只看见它被女儿摘下来之后，很快就枯萎，连给我拍张照片的机会都不给，这也是算是贞烈的花朵了，它从来不会用颜色和气味取悦任何一个人。

在山野里游走，很容易就陷入到植物们所构筑成的迷宫中，原本我只是带孩子来山野看看的，野菊花用一身金黄让我们迷失方向，冰草和蒿子又把我引到山野深处，现在，我们的惊喜略等于锦鸡的慌张，它们扑梭梭地向天空飞去，我站在原地，想着自己是一朵打碗碗花，伸出双臂，想端住什么，或者抱住什么，可是，除了植物们迷人的气息，空空如也。

动物篇

比起大地，天空寂寞多了，草木护佑着的大地，时常会引起天空的妒忌，因此，大地派出鸟雀，时不时飞到天上去，让天空也热闹热闹，可不管鸟雀怎么飞，天空老是一副被亏欠的样子。

这飞向天空的鸟雀里，我最熟悉的是麻雀。而每次回乡下，也总能和鸟雀们不期而遇，时间长了，就觉得它们不是鸟雀，是替我守着乡下的兄弟。

我坐在炕上看电视，秋天的阳光照进窗户里，人容易瞌睡，我关了电视倒头就睡。恍惚中，我出现在滚牛坡上，那里有一片糜子地，糜子快要成熟了，祖父让我去赶麻雀。可是我却不能动，滚牛坡上，是一件我穿过的旧衣服，填充着稻草，代替我站在田野里。麻雀落下来，我没办法吆喝，也没办法挥动手臂，任由它们集结，然后扑向糜子。

醒来的时候，已经快黄昏了，女儿摇着我的胳膊喊，爸爸你说梦话了，赶紧醒来，我这次从田野里回到炕上。起身出门，就看见院子里晾晒衣服的铁丝上，停着一只麻雀。

这梦境，应该是由它而起吧。我无从知晓，就坐在屋檐下观察它。

这灰褐色的小精灵，我看着它，它也贼溜溜地观察着我，它肯定不认识我，但是我认识它们，它们和小时候见过的麻雀长得一模一样，不需要分辨，而我已经粗笨得连自己都不认识了。这小小的灰褐色的精灵，在天黑之前飞走了，它迅疾而又无声地飞翔，把夕阳的余晖抖落一地。那时候，我们村子里的人家，日子都过得紧，白面馒头也都不是能常吃到的，家里不可能有剩下的粮食，养猫养狗的事都不常见，麻雀就更没得喂。可麻雀不嫌弃，它们总会飞到屋顶来，再叽叽喳喳叫几声，面带土色的一家人，就显得热闹。它们也让人恼，晒在院子里的麦子，湿气一散，它们就飞下来啄食，刚成熟的糜子，糜杆都没压弯它们就落在上面，腊月里挂在屋檐下的猪肉，也时不时去叨几口。人们赶不走麻雀，我们就把麦子撒在地上，然后支起筛子，用一根木棍顶住，木棍上栓长长的绳子，麻雀们钻进去吃麦子，我们就拉绳子放下筛子。麻雀是刚烈的鸟儿，是养不活的，我们就这样弄死过好几只麻雀，可它们并不怕，前赴后继，像一群饿极了的人。

看到麻雀，就自然想起燕雀安知鸿鹄之志的句子来。在乡下，麻雀被当贼一样防着，燕子却像等亲戚一样盼着它们来。燕子似乎看重家庭出身，一贫如洗的家庭，屋檐下就见不到燕子。

都说"麻雀只入富贵之门，燕子不进寒苦之家"，这个我得替它们反驳一下，一般清白的村庄，麻雀没得选，哪家有粮食就往哪家落，而燕子就不一样了，它也会飞进寒苦之家。比如，我家屋檐下就有过燕子。那些年，村子里都是土屋子，房檐内里是芦苇和树枝，燕子选好人家，衔来杂草和毛发，就开始筑巢。村子里的人是绝不会驱赶燕子的，虽然它们叽叽喳喳，虽然它们总是把粪便拉得到处都是，人们觉得，屋檐下有燕子，说明这家人聚齐，能过上好日子。

我们家的那一窝燕子，基本上没看到什么好日子，它们筑巢之后，我们家就开始走下坡路了。先是母亲车祸去世，接着是妹妹半路辍学，没几年，祖父也离我们而去。燕子们看着我们家道中落，也不离开，还生了好几窝小燕子，它们见证着我们家的悲欢离合，似乎努力着要把我们家带出困境。我记得母亲临终前的那夜，低矮的屋子里，昏黄的灯光照着的每张脸都目光呆滞、表情哀伤，他们不说话，等着母亲留下遗言。屋檐下的燕子，整个晚上，也出奇的安静。这窝燕子知道我们家过得不容易，但是它们一直没有离开土屋，后来父亲执意要翻修堂屋，拆老屋的时候，独独留着房檐，等燕子自己飞走。父亲后来告诉我，那燕子就是不走，最后只能把窝拆下来，放在偏房的屋顶，它们才离去。这是一窝重情义的燕子，我们家的新房子盖好后，父亲特意在屋檐下留了位置，可再也没见燕子回来。

傍晚，我给女儿讲乌鸦的故事，祖母突然来了一句，很久没见乌鸦了。这乌鸦似乎是一夜之间消失的。我怀疑它们是受不了人们的唾骂才消失的，那时候，乌鸦整日无事可干，站在枝头嘎嘎地叫，日子让人本来心烦，听到这聒噪的叫声，这烦恼就被放大了。人拿乌鸦没办法，只能唾它，骂它，用石头扔它，好像这样它们就可以把霉运带走。其实，那时候，人们的日子只是清苦，还不至于倒霉到喝水塞牙缝的境地。人们只是想让这清苦日子早点过去，这乌鸦一直叫，心里的盼头就被搅乱了。特别是冬天黄昏的时候，如果村庄里传来乌鸦叫声，整个村庄都会提心吊胆，都说冬天难熬，村里的老人们最怕过冬，也最怕听见乌鸦叫。

乌鸦就真的不叫了，鸟雀们也都不怎么叫了，只有布谷这些时令鸟儿，跟鸡一样，时令一到，完任务般朝天空叫几声。也没有人仔细听，是布谷还是别的什么鸟叫，也没有人再担心乌鸦聒噪了。这村庄的灵动，停留在房屋和院墙之下，全靠猫猫狗狗了。

我是在去小卖部的时候遇到那只猫的，它趴在墙头上，正盯着一只麻雀，似乎已经很久了，应该是早就做好了攻击的准备。我的出现，让它的计划落空，它因此愤愤不平，到手的麻雀飞了，又不能对我这个给它制造麻烦的人怎么样，只能"喵"一声，悻悻地消失在巷子里。

这是我回乡下这段时间见过的唯一一只猫，接下来的几天，我专门留意了一下，再也没见到它的踪迹，也没有发现新的猫出现。我开始怀疑，它是不是这村里的最后一只猫。

村里的人，都是利己主义者，养猫猫狗狗一定是出于某种目的。村里猫最多的年月，是二十世纪八十年代，那个时候，大家都在自家地里忙乎，到了秋天，麻袋里粮仓子里都是粮食，虽然大家藏着掖着不想让别人发现，老鼠才不管你这茬，谋算着麦子都码放整齐了，就悄悄钻进来。那时候水泥还是稀罕物，房子都是泥土盖起来的，不经老鼠挖，很多放粮食的屋子都沦陷了。人就开始和老鼠斗，鼠药不敢用，怕伤及人或者别的牲畜，老鼠夹子的作用又很有限，猫就派上了用场，谁家有一只猫，就成了香饽饽。有几年，老鼠泛滥，一两只猫根本应付不过来，村子里的猫就开始大面积繁殖，几乎一家一只。水泥普及，房子坚硬到老鼠打不了洞，猫就开始慢慢被遗忘了。现在，村里的粮仓大多空置，老鼠早就转移了阵地，好几年都没见过老鼠，猫的存在还有什么意义？没有人会养一只猫作为宠物，它们孤僻怪异的行为，乡下可没办法匹配。那么，我遇到的这只猫，靠什么生活呢？它又是谁家养着的？养着做什么？这些不得而知，可以确定的是，这只猫的存在，至少可以让村庄动物清单保持物种的丰富性。

具有同样功能的，还有一头毛驴。我很多次写到它，可对于它，却还是那么陌生。每一次去看它，它从来都不会理我，我像一个多情的少年，在自己心仪的姑娘面前，束手无策。它在槽头的时候，小眼微闭，满怀心事的样子，或许用深谋远虑这个成语会更恰当。它似乎看破一切，对于我的出现，无动于衷。它一定是乡下最有思想的牲畜了，它一张口，天机就被道破。

这毛驴，孤独，清高，要知道，当年它们可是村庄里最受欢迎的牲畜。山上的路难走，羊能走的毛驴就能走，还能驮粮食。

村里的地刚分到每家每户之后，毛驴立下汗马功劳，在山坡上运过小麦，在沟底驮过水，去山上，随便一个野地里，就能吃饱肚子，回来还能攒一地的驴粪。毛驴多的时候，一头毛驴叫一声，村庄里就响起毛驴交响曲，现在，和声部分已经悄然消失，只剩下这头毛驴，它代表毛驴生活在村庄里，丰富着生物链条。这个链条断了，毛驴这个谱系，就从此在我们村消失了。

剩下的牲畜中，羊的数量最多，它们的流动性也最大。满山的草木，若不是它们啃食，估计早就泛滥了，从某种意义上来说，它们替我们掌管着村庄，像个猎人，满村庄巡视，发现草木试图霸占村庄，就群起而攻之，一口下去，草木就矮了半截，村庄还是原来的样子，这样，不管我们离开多少年，再次回来的时候，看到的都是村庄当初的样子。

呓　语

　　村子　有一个很有意思的问题，村子从一出现，样子、形状、大小和方位就一直没怎么变过，却没有一个人能把它描述得足够清楚。在通晓村子秘密的阴阳眼里，村子是圆形的，由一个核心和一系列点组成，和他手里的罗盘一样。可是他的这套理论太过抽象，不足以支撑我们对于村子的宏大想象。牧羊人说，村子宛如一丛杂草，东西南北都很茂盛，只有中部稀松，因为那里有一座涝坝，它的湖面倒映着蓝天，而天空中寸草不生，大地上相应的位置也就看不到一根草。我很佩服牧羊人的想象力，他跟羊在一起待久了，就具有了羊的性格。他走路慢悠悠，说话慢腾腾，看村庄的角度独特也就不足为奇了。此前，他和羊一起丈量过村子，从村子中心出发，向东走六公里，向南走八公里，向北走九公里，而向西走，就没办法确定路的长度了，那里沟壑幽深，羊知道长短，牧羊人却没办法确定具体数据。如同瞎子摸象，每个人的长处不一样，他看到的村子的样子、形状、大小和方位就各有不同。一个村子四个村民小组二百三十九户一千一百三十一口人，对于村子的样子、形状、大小和方位的认知，也有一千多种。他们眼中的村子，集合到一起，就构成了这座村子的复杂性。如果一个村子很容易让人读懂看透，那它还有啥值得迷恋的呢？

　　姓名　你去哪？我去田家沟。这个问题，表面上看答案明确，但并不是每一个要去田家沟的人，去的就是同一个田家沟，因为"田家沟"这三个字，并不是一个村庄永恒的状态。比如，早上去田家沟的人，就只能看到早上的田家沟，对于田家沟其他时间的状态，他一无所知。常住田家沟的人，也不是一直住在同一个田家沟里。之所以叫它田家沟，因为它确实窝在一条沟里，不过这条沟里并没有流水，它应该是水的弃子，水生下它，再也没回来，它就长成了这副样子，把草木当作河水，苦苦撑着"沟"这个名号。其实，也可以叫它田家湾，四个村民小组，每个都守着一个湾，山与山的拐角处，有避风港的意思。还可以叫它田家屹崂，从天上看，它藏在大地的褶皱里，地图上没有留下踪迹，所有进入村庄的道路上，也没有任何标识。这件事跟生活在村子里的一千多个人的性格一个模样，他们跟草木一样，活了一辈子。故乡是离开村庄以后的人对村庄的称呼，就像我们离开村庄以后起的大名一样，读起来总觉得隔着一层什么。

男人和女人 乡下只有男人和女人。这是一句废话，哪个地方不是由男人和女人构成的呢？乡下的男人是男人，穿男人的衣服，做男人应该做的事，最大的一件事是，对女人发号施令；乡下的女人是女人，做女人应该做的事，最大的任务是生儿育女、劳作，以及听男人的话。男人和女人重复着同样的生活，遵循上一辈人从上上一辈人那里继承来的美德，恪守着正确的价值观，还会吸收因为环境变化而出现的新理念。当然，他们也会犯错，犯上一辈人以及上上一辈人都会犯的错。对于男人和女人，有人提出一个理论：女人生了男人，男人却让女人一生处于劳累、生育、抚养、疾病、恐怖之中，这是因为，男人就是劳累、生育、抚养、疾病、恐怖的集合体，他们可怜到只能拿女人撒气。而女人，用美德维护了乡下的尊严，延续了乡下的香火。

食物 请允许我列出一张关于食物的单子：馒头、包子、饼子、馓饭、搅团、小麦、玉米、洋芋、胡萝卜、芹菜、韭菜、蒜苗、葱、糜子、谷子、稻子、高粱、杏子、酸梨、蒲公英、辣辣、苜蓿……还应该写下包在牛粪里烤熟的土豆，藏在祖母柜子里的糖，走了几十里路在集市上吃到的凉皮。原谅我不一一说出它们的长相、味道，以及关于它们的深刻记忆。因为对任何一种食物的描述，都只能唤醒我的味蕾，然后咽一口唾沫，把味蕾引发的欲望压制下去。其实，不用对这长长的名单进行叙述，我就已经被欲望包围，这些乡下的食物，从一开始，给我的不仅仅是营养，还有思想的毒药和背井离乡的封印，我背负它们，从未打算解毒。当然，食物清单里不能遗漏的还有：观音土、树皮、麻雀、田鼠、青蛙……它们在饥馑的年月里，填充过人们的肚子，现在人们已经不提饥饿了，但是舌头有记忆，肚子有记忆，血液有记忆。饥饿和食物，才是乡下人活下去的动力。

农具　一般认为，农具是人们制作并用来对抗大地的农事工具，因此，这中间就存在一些很残酷的东西。比如，把一棵树砍倒，然后用它的某些部分，改造成锄头、斧头、铁锹，再用这些工具去砍另外一些树。互相残杀比杀戮更可怕。当然，农具也会报复，或者至少引诱人相互厮打。一把锄头立在墙根下，它不动，一切就是安全的，它动了，轻则大地裂口，重则要了人命。本来农具是对付大地的，被人用得久了，它们就沾上了人的习性。农具凶险，这是人们后来才发现的，对付的办法是，把它们束之高阁。这是人对农具最合理也最有效的处置方式。

饭碗　饭碗应该是身体的一部分，饭离不开碗，饭在碗里才是自己的，碗离不开饭，碗空着只能是空碗，朝大的绝望，饭懂，人就懂。我们那里有个习俗，人死了，要在门口的墙上钉一只死者生前用过的碗,放一双死者用过的筷子,每顿饭熟了,第一口饭先夹到这只碗里。活着的人, 就当死去的人并没有死,而是以另一种形式存在着。这多少有点魔幻现实主义。其实,活着的人端着饭碗,用大地之上的食物喂饱自己;人死了之后,一座坟就是一只倒扣的饭碗,把一个人紧紧揸在怀里,毕竟人是大地一口一口养大的, 活着要养,死了要疼。

小卖部 乡下人的欲望不大,日常所需在小卖部就能买到。那是众多孩子对经济和交易的最初认识。一毛钱可以买两颗糖,甜半个小时,开心一整天,这是孩子赚了。一块钱能买三个打火机,我拿着它去山上,点燃了一片草,草生气了,烧了我的裤子和鞋,这是我赔了。小卖部黑色的墙壁上写满了诱惑,可是我无力购买,只能咽口唾沫。当然, 那里还是赌博、酗酒、滋事的场所,是非之地, 却常年人满为患。关于小卖部,购买力限制了我的想象力,可是有一个问题我一直想问小卖部里的人,那里有没有母亲可以出售? 当我敢问这个问题的时候,小卖部已经倒闭了,暗黑的柜台,变质的蛋糕,一毛钱两颗的糖和一块钱三个的打火机,都已无迹可寻。我想买的母亲,也随着它们消散。

金 人们这样表述金:戴在脖子上、手上、胳膊上,穿在衣服上。乡下人对于金的热爱,含蓄,保守,又迷信。项链、戒指这些金的具体载体,在乡下并不多见,不是乡下人没有,而是他们更喜欢把它们藏起来。所以乡下的金饰和人的关系并不紧密，除了传承之外，它们和博物馆里的展品没有什么两样。我们这里有个习俗，一个人死了，下葬之前嘴里要含一枚铜钱，也就是所谓的"含口钱"，又说"含口"或"饭含"，这不是人贪财的表现，而是人们继承了祖先的做法，认为人死后去冥界，要过冥河，就得渡船——当然也应该像人间一样，需付钱给渡船人，否则无法渡河，又跑回来找子孙的麻烦。其实，需要打点的不光是船夫，还有小鬼，按照人间的惯例，这阴间哪个环节不需要钱？乡下人最在意死后的事，活着的时候，一切都没办法改变，就指望死了以后，可以在另外一个世界荫庇子孙，这样就不会再受责备，否则即使操了一辈子心，死了也会不消停，这就是乡下人的劫数，好在五行之中，有一味金可以帮人化解。如此看来，得感谢金。

　　木　木是村庄的骨头。人靠树木撑腰。腰被生活压佝偻了，但人又那么爱面子，总想着挺直腰板过日子，树就替人挡着，挡风挡雨挡孤独。夜晚独自一人时，树就招惹风，发出哗哗哗的声音，像水在天上荡漾，人听着就不孤独了。木秀于林的时候，人的顾虑就来了，一棵树太粗太高都不便于管理。人们拿树填充村子，盖房子、做家具，甚至打造棺材。人死之后，什么也带不走，好在还有一副棺材，这是木头给人最后的慰藉。

水　水者，地之气血，如筋脉之通流者。这话是从《管子·水地》里看到的，很适合作为我把水作为村子血脉的理论依据。如果说木是村庄的硬骨头，那么水就是村庄的软肋。乡下人因为水，干过丢人的事，也因为水离开过村庄。一开始，人在子宫中就被水蛊惑喂养，出生后就离不开水，偏偏村子里最缺的就是水，于是围绕水发生的事情就多了起来。抄录几则如下：李家湾的两兄弟，因为一口井的归属权，反目成仇，至死都没有说过一句话；村庄里多少年没出过贼，唯一一个被当作贼谴责的人，因为未经井的主人同意，从井里取水被抓，这个人被井主人骂了一年多。记忆里有很多和水有关的细节：祖母说她在三十岁之前都没有洗过澡，出嫁时洗脸，还是她的母亲噙了一口水，喷到她脸上的。等村里通了自来水，祖母做的第一件事就是好好地洗了把脸。和祖母一样的女人，在村里还有好几个，她们的三寸金莲，走过很多路，却走不出缺水的苦难。生于水，就有人死于水。一个秋天的早晨，我们穿过涝坝去上学，发现涝坝里漂浮着一团黑色的东西，靠近一看，是一丛头发，下面是一张浮肿、苍白、不忍直视的脸。尸体被打捞上来之后，褪去了所有衣服，像刚出生时一样赤裸着。整个秋天都是那张浮肿的苍白的不忍直视的脸，整个秋天没有人敢靠近涝坝。他不是死于涝坝的第一个人，但是他的死因成谜，问水水不语。

火　十岁之前，我干过的最轰动的一件事，就是把一座山上的枯草点燃——它们烧了好几个小时。当时的情形是这样的：我百无聊赖，就觉得草也百无聊赖，要不然它怎么一会向东吹一会向西吹。一株草一定要有自己的方向，如果随风摇摆，那有什么意义。我决定改变它们的命运，一把火是最好的方式。没想到这个举动，引起了风的兴趣，它一口气把火苗吹得到处都是。我不是把草点燃了，更像是把风点燃了，风所到之处，是一片火的狂浪。这时候，我后悔了，我害怕了，我逃跑了。听说整座山都被风烧着了，于是村里来了警察，追查把风点燃的那个人。我混在人群中，看他们把黄色的宣传纸发给每一个人，上面写着：森林防火，人人有责。他们没有找出始作俑者。火替我保守了秘密。

草　草是大地上的原住民，它们从一开始就陪着大地。人出现的时候，对苍茫的大地无计可施，只能对草下手。火烧，手拔，刀割……草像头发一样被清除，大地就露出了软肋。人和草的较量，一直没有停过。草作为大地的遗老，一直想着光复失地，但人不可能轻易让它们得逞。在大地上盖房子，让庞然大物占据高地，在大地上修路、阻挡草与草之间的交流，在大地上种植物，让它们相互搏斗。草的反攻，在时间的助力下，似乎取得了阶段性胜利。人们背井离乡，给了青山上的草重来的机会。走出去的人越多，挤进来的草就越多。

味道 要说清这个村子是什么味道，是有一定难度的。你问春天的村子，桃花会用一身粉告诉你，可是你的鼻息之间，又不是单纯的粉，混合的气味让你觉得身体在膨胀，要顶开什么一样。你问夏天的村子，干燥与潮湿交织，腐败与清新交汇，风吹过来之前，味道还单一，风吹过来之时，味道已经含糊不清了，而风吹过去以后，大地就换了新的味道，你难以捕捉。你问秋天，它会拿出小麦、玉米、土豆、葵花……让你自己去辨别，自己去确认。可是，每一种植物都有属于自己的气味，哪一种能代表村子，我说了可不算。夏天的村子，根本就是味道的世界，不管你从哪个方位闻，都能闻见复杂的气味，你说不清楚它是来自花朵还是厨房，而到了冬天，万物封冻，一场雪就把一切覆盖了，你想闻闻村庄，可是只有雪的味道，单调得让你觉得村庄仿佛死了一样。村子汲取了四季万物的气味，形成独特的味道，这些不断增加或者减少的气味，隐含着村庄的秘密。村庄不会泄露自己的秘密，只会把它像细软一样藏起来。但只要细心一点，就能在野地的桃花里、水中的蒲草间、麦子的叶片中，以及苜蓿的紫色花瓣上，发现痕迹，它们并没有按照大地的意愿保守秘密，它们因为美和芬芳，成了村庄的叛徒。

仇恨 仇恨有以下几种：人恨人，人恨物，物恨人。一个人恨另一个人，一个人恨一群人，一群人恨一个人，一群人恨一群人。仇恨是人最基本的感情，是爱到一定程度以后因无法驾驭而产生的应急反应，也是人把自己逼到最后一步的表现。

乡下人恨一个人，不需要这么高深的理论，走在路上没被正眼瞧，或者散烟的时候恰好漏了自己，都会成为恨一个人的理由。有时候看到别人家的麦子比自己家的麦穗长，看到别人家的牛踩了自己家的草，也可以恨起来。乡下人恨了别人却不会到处说恨，只是暗暗在心里较着劲，找机会报复对方，无非就是自己的烟散给所有人偏偏绕过他，把自己家的麦子种出长麦穗来，让自己家的牛去踩他家的草，这样，仇恨就平复了。我们村里有一个习俗，如果两个仇人至死都没握手言和，一个人死了，另一个人就要参加他的葬礼，跪倒在灵堂面前，单方面谅解死者，这样，一个人就不会带着遗憾去另一个世界。一个人，如果突然恨起一样东西来，最直接的办法就是摧毁它。比如我恨时间走得太快，就把父亲买的钟表拆开，然后让它永远停在某一时刻。木匠恨木头，就提着斧头进了山，所有的树都战战兢兢。他对着树一顿乱砍，砍得多了，就不恨了，和木头打了一辈子交道，最后，给自己打一口棺材，算是两厢和解。物恨人表现得不太明显，但是一旦恨起来，就会很猛烈。修房子取土、打梯田取土、埋人也取土，人对土的利用，无休无止，土决定报复，于是联合水来一次清洗。大水从山上冲下来的时候，雨已经下了五天五夜，人们还在睡梦中，他们在梦里可能遇到很多种情况，但是绝对不会遇到大水，他们以为水很温顺，以为已经凭借人的力量控制住了水流，没想到，水和土合谋，对人进行复仇。水所到之处，土做好支援，摧枯拉朽，路被冲开口子，土地被冲开口子，顷刻间，庄稼被覆盖，房屋摇摇欲坠。人们做梦都没想到的事情就这么发生了。第二天，天放晴，人们从屋子里出来，发现大地一片狼藉，水留下的战场上，写着"仇恨"两个大字。

痕迹　有一年三叔家里进了贼，警察站在门口，反复打量着作案现场，就像反复翻阅写满字迹的纸页：贼走过的地方，有慌张而又老练的脚印，有杀气，有浑浊的身体味道。最终，是这痕迹和气味让贼落网。从此我就对痕迹产生了忌惮。其实，无论你所处的村庄经历过什么，当一个人想要通过痕迹确认一些东西的时候，他都不会得到满意的结果。村庄的高明之处在于，在你进入它之后，它身上所发生的一切，都被痕迹记录，但是当你准备循着痕迹还原一些事实时，你肯定会大失所望。我在村庄里出生、成长，经历过许多悲伤和喜悦，可多年以后，当我回到这里，依次经过回家的蜿蜒小路、捉迷藏的巷子、学游泳的涝坝和埋着我母亲的土地寻找记忆时，无法完整地拼凑起整个童年。那些留有回忆痕迹的地方，根本没发生过什么变化，可我总觉得我和它们之间存在偌大的缝隙，无法黏合。因此，想回到过去，仅仅依靠痕迹是徒劳的。为了让离开的人记住，村庄学会永远静止不变，街道、房屋、树木都印在了人的脑海里。为了让进入的人读不懂，村庄学会变化，它按照人们的想法变化。在这不变与变之间，村庄也不知道自己到底是什么模样了。而且，通过痕迹，对比新的村庄和以前的村庄之间究竟有什么区别，是没有意义的，因为新与旧之间没有关联，新的村庄被说出口的时候已经变老，而以前的村庄是更老的村庄。

白天　白天不懂夜的黑，其实白天连白天的白也不懂，它就那么机械地白着，也不知道白的目的是什么，白到什么程度才算白，白到什么时候才算结束，这几个问题还没理清楚，夜晚就用黑代替了白。这跟村子里的很多人一样，他们出生，却不知道自己为什么出生，不知道出生以后又要做什么，只是机械地重复着，最后走进坟墓，给自己的一生画上一个毫无意义的句号。

说话　和牲畜草木比，人最大的优势，是可以说话，而最让人感到满意的，是掌握了和牲畜草木说话的本领。一个人和家人说话，和朋友说话，和陌生人说话，说来说去就是那几句，说到最后自己都觉得烦了，而且话语之间的措辞、语气、感情等，都已经烂熟于心。这也是人为啥要和牲畜草木说话的原因之一。人试着和牲畜说，所有的内容，只需要一个字：哒。想让它走，哒就要急促有力，想让它停下来，哒就要显得冗长乏味。牛们熟悉了人的语调，也用语调不同的哞声作为回应。不信你去山上看，一个呔一个哞，就能说上一上午。人和草木说话，是境界很高的修行，你看人坐在草上，草就感知到了他的内心世界。草瞬间安静下来，听这个人或自言自语，或放声高歌。人说出来的话，每一个字都落在草木上，草木用沉默和摇摆回应他。

老人　是不是人一老，就喜欢坐在广场上，沉默着，看着眼前的过往？他们看到的每一个生动的行走者，可能是自己，也可能是别人，看到他们又会想起些什么呢？这些老人，语言功能正在衰退，不仅仅因为已经老了，而是没有人倾听，连生活了一辈子的村庄，也不愿意听他们絮叨，于是，大部分时间里，老人们用静止与沉默和这个世界产生关系。我常常觉得，书写历史的人，除了考证史料，访问遗物之外，还要观察这些老人，以他们为基础，就能看出当年的社会环境、生活习性、文化品位和经济形势，甚至还可以推导出整个村庄的过去、现在和将来。可惜，除了老人们空洞持久的凝视之外，没有目光愿意停留在他们身上。我羡慕二十几年前就老去的那些人，他们被尊重，被嫌弃，被问候，他们像老人一样过着老人应该过的日子。那时候没有养老院，子女都继承着传统，养老送终。那时候没有"留守"这个词，每个老人都能在关注中死去。现在的老人，孤独地坐在巷子里，或者躺在土炕上，一遍一遍梳理着稀发一样的过往。

生病　病是活着的另一种状态，它的存在，证明了村庄并不存在对称和反对称。也就是说，并不是健康的反面都是疾病。人在村庄里生活着，并不知道危险和疾病如影随形，突然就被击中，然后陷入疼痛——紧张——疼痛——呻吟——疼痛——抽搐——疼痛——绝望的循环中。不管病灶长在哪个位置，人在疾病面前的表现是一样的，听天由命，或者使劲续命，结果也有两种，治愈或者放弃。如果不是人们把健康作为唯一标准，疾病应该是一种代表性状态，它提醒人们，要对自己好些，可往往提醒到来的时候，人已经无法掌控自己的身体。如果要把乡下人做个区分，除了分成男人和女人之外，还有一种分法，一类是一生都没有患过疾病的人，他们构成了健康的村庄；另一类则是要么被疾病拖累，要么将疾病干掉的人，最后他们都死于疾病。

死亡　终于要结束了。人活一辈子，就像这篇文章从头写到尾，有畅快的时候，也有纠结的时候，有闪光的时候，也有低沉的时候。一个人被选择，最后注定逃不过死亡，死就死了，一了百了，这不是很好吗？反正人们早就熟练地掌握了悲伤，他们只需要故伎重演一次而已。大幕落下，乡下的草木照旧疯长，只不过他们多了一个任务，给一个死去的人腾出一块地方。新挖的坟就是刚种下的种子，还没等发芽，草木就迅速占据它的位置。一个人死了，就像他从来没有来过一样。

讣告　按照乡下的规矩，人死要有一张讣告的，要告诉亲人、朋友、亲戚、仇人、情人、敌人，甚至陌生人，这个人从此以后就不在这人世，他的一生可以任由你们给出评价，但请公正。一座村庄也应该有一张属于自己的讣告，可是村庄会死吗？如果不会死，讣告有什么意义？如果会死，写一张讣告又有什么意义？谁又会在意给一个村庄写一纸讣告呢？不写也罢，就此结束吧。

循环　并没有彻底的生，也没有彻底的死。生和死，每一次都有不一样的内容，每一次都是新的，每一次都充满期待和悲伤。只有这样，村庄才能不停地成长。生下来的人，重复着死去的人的生活，死去的人看着生下来的人重复着自己的生活，循环往复，人们前赴后继地重复着同样的生活。这样，村庄才会永生，才不会像一个人一样，只过一生就死去。其实，田家沟自从有了人烟那一天起，就启动了它生生不息的循环：劳作者一一死去，而接替他们劳作的人，又一一出生，大地之上，生生不息。

楼 道

一

　　毕业之后，我搬到了离学校不远的一处老小区里。我能租得起的这套房子，在一栋外墙还是砖块的单元里。它真的够老，包裹着楼体的水泥，已经脱落殆尽，裸露的砖墙因返潮产生的白灰像极了老年斑，它们会毫无征兆地一大片一大片往下掉。同样裸露在外面的，还有水管、暖气管和电线管，楼体衰老的身体和松弛塌陷的皮肤，已经包不住这些生锈的血管，站在楼下就能清晰地看到管道进入哪家然后又从哪儿拐了出来。

　　其实，仅从外表来看的话，这栋楼似乎还是有些韵味的，至少和新刷的楼房比起来，它有沧桑感，有艺术家需要的历史气息。进入它的内部，沧桑立马变成了忧伤，气息也随之变成了逼人的气味。这么说吧，一个一米八五的大个子，上楼要弓着腰，一不小心就可能会碰到低矮的楼梯，踩上那些绿色的斑点，上楼下楼都躲不过楼道里的古怪味道。

这里要说说楼梯。说它是楼梯，其实只有个梯子的样子，每一个台阶都已经变得估计连楼梯自己都不认识了。虽然水泥变成一小撮泥和一大摊水，但我必须认识并熟悉它们，因为要命的是，我有夜盲症，而这里的每一层都是看不到灯的，搬进来前，房东却没说明楼道没有灯。

我的租赁生活就从这栋楼开始了。交完房租，把几箱书和一床被褥堆在楼下，天就黑了，小区里的灯光从没有玻璃的窗户里打下来时，我抱着一箱子书高一脚低一脚上楼。每走一个台阶，我得停下来找另一个台阶，这就让我有足够的时间停下来打量这有点神秘的楼道。

和糟糕的外表比起来，我租下的这间六十平方米的房子，就显得年轻多了，或许是此前的居住者保护得好，墙面整洁，地面上也没有坑坑洼洼。老款的茶几、沙发和洗衣机，被安排在一室一厅里，位置规矩，又显得毫无违和感。

收拾妥当，我看着屋子里的一切，想着从此以后摆脱了要么一家人要么一群人一起居住的纷扰，对即将开始的独居生活充满兴奋。在屋子里转了几圈，我觉得一个人住在这里正好，没有多余的地方，也不显得拥挤。

住进来的第一晚，我就开始接受并努力喜欢上这里的一切。不过，不适应马上就出现了。准备出门去小饭馆独自庆祝一下，结果一开门就跌进了五层楼高的黑暗里。夜盲症让我手忙脚乱，我摸到了墙上的开关，很使劲地摁下去却没有一盏灯亮起来，只能摸着墙下楼，幸运的是，此时并没有人，我的尴尬只有我一个人知道。

住了一周，我才真正熟悉了楼道，要走到五楼去，总共要跨过三十九个台阶。我有点闹不明白，为啥台阶不是三十八个或者四十个？偏偏是个单数。这三十九个台阶上分别有通下水、开锁、改水电、换窗纱、代缴电话费等服务信息，以及性病、脚气、高血压、鼻炎等治疗信息。

刚住了一个多月，房子的毛细血管就被堵住了。水从水龙头出来，经过手、脸、蔬菜、水果、衣服、油污带上污垢、农药残留物、洗衣粉、油渍，然后并没有像你所知道的那样，哗一下子消失在管道里，而是聚集在厨房卫生间的水池子里，一动不动了。

它们像是在抗议，我找来铁丝，对着管子一顿乱捣，水池子都快被我拆了，水却一滴都没少。

找了修理电话打过去，没多久，一个胖乎乎的中年男子就来敲门了。他进来只说了句"厨房三十块卫生间五十块"，没等我回应就开始找插座。他手里那卷油腻的电线，一头带着一条长长的线圈，一头插进了电源。线圈伸进水管，通上电，就像蛇一样抖动，这蛇回到洞里之后，一个劲往里钻，放进去大概两米多的时候，聚集了一夜的水一下子消失了。

送走胖乎乎的中年男子，我盯着水池子发呆。我原以为，这钢筋水泥浇筑而成的楼房，像住在里面的邻居一样，没有任何交集，没想到，楼下的下水道堵塞，整个单元的都变得不通畅。

这根管子，插在水泥和砖头之间，每天把那么多我用过的水送到更深的土地里，每根管子就是一个插在家里的监视器。我从老家带来的土腥味、挤公交车时衣服上沾的汗味、蔬菜水果上残留的农药味、劣质油炒出来的土豆丝的香味……都一一被它记录了，然后，它带着一个单元所有住户的秘密汇入城市管网。所有的秘密就这样聚集在了一起，在人看不见的地方，形成另一个世界。它们熟悉每一个住在楼上的人的味道和口味，熟悉每一个家庭所有人的生活习惯，甚至熟悉洗脸的姿势、洗菜的程序、洗澡时的怪癖……想着想着，我突然就被自己惹笑了，嘿，这失明的楼道里的一张广告纸，竟然让我获知了这座城市如此大的秘密，就觉得这三十块钱值。胖乎乎的中年男子走了，我赶紧把他的电话号码存入手机，如果这座城市有人对汇聚在地下的秘密了如指掌，那肯定长得跟胖乎乎的中年男子一样。

二

有时候，很多选择竟然如此的雷同。第二次租房子，最后还是住进了一个老旧小区，楼层依然是五层。这里被称为这座城市的老城区，因此楼前楼后的生活气息明显比此前的小区要浓一些。

这是一座独栋的小院，楼下空地上有杏树、酸枣树，还有住在树上的喜鹊，猫也经常匍匐在树下，随时准备伏击树上的喜鹊。因为是本市最早的家属院，所以把守它的铁门也是锈迹斑斑。不过很明显，它们还留着一种荣耀，想得出来，"楼上楼下电灯电话"刚成为一句流行语时，这里就成了少数人体验城市生活的区域。作为唯一的入口，能不自豪？这一点你从出入各单元的老住户身上就能看得出来。这个小区里，我经常遇见一些穿着背带裤戴着鸭舌帽打着领带的老人，有时候还牵着穿着小西装打着波浪卷的老伴。他们不是去广场上跳《最炫民族风》和《小苹果》，而是到工人文化宫去唱大合唱、跳交际舞，他们还保持着年轻时的爱好。

我刚搬进来的时候，看着他们这样装扮时，以为回到了二十世纪八十年代，而他们也想不通一个小伙子怎么会搬进这样一个以老年人为主的老旧小区。对于他们来说，这里可能就是最后的归宿，对这里的一切都怀着很深的感情；而对我而言，这里只是中途短暂停留之地，因此身边的邻居是谁，显得并不重要。

我最看重的东西却让我大失所望。原本以为楼道里挂着灯泡，有开关，我就不会摸黑走路了，谁知第一个夜班我就陷入了一片漆黑中。这楼道虽然每层都安装了电灯，但不管你摁开关还是大声喊，灯就是不亮。每家管着各自门口的灯，只有需要的时候才会亮起。这让我很苦恼，以至于每次下夜班上五楼只能借助手机。可是，你知道的，手机这东西，容易让人产生依赖而陷入其中，它往往也和危险、浪费、惰性等联系在一起。

我就因为太过相信手机而在楼道里吃了亏。这里的楼道我不用刻意记住哪层楼有几个楼梯，晚上上下楼只需打开手机借着微弱的光就可以。一天晚上下楼，我正用手机照明，低头还翻着朋友圈给人点赞，这时候凑巧来了一个电话，我忘了自己正在下楼梯，把手机放到耳朵上就开始说话，结果眼前一黑脚底一滑，就把自己扔在了楼道里，暗黑的通道里，一声"哎哟"，绵长，带着疼。

摔跤的事第二天就传遍了小区。门房老两口见了我，就说，楼道里一直黑乎乎的，你得买个手电筒，要不还会摔跤。不过没过几天，下夜班时二楼的灯却亮着，我以为是这层的住户忘记关了，第二天、第三天、第四天依旧，只有周末的时候才黑着。门房老两口告诉我，二楼那个阿姨听说我在她家门口摔了一跤，就专门给我留了灯。

上夜班的夜晚总是很疲惫，来不及细想一些事情倒头就睡，白天清醒了再看我住的地方，有时候甚至怀疑自己是不是把家搬到了墓地。我去过一次公墓，那里草木茂密，经常处于长久的寂静中，走路很轻，甚至能听见荒草拔节的声音。这个小区经常就是这种状况，太阳从东边移到西边，和树一起留在地上的影子里，除了猫留下一串不规则的爪印之外，再没有任何痕迹。老人们偶尔出来晒晒太阳，走路还轻飘飘的，没有声音。

一个周六的早上，我还做着在草原上奔跑的梦，眼前是一望无际的青草，我跑啊跑，突然一阵唢呐声就从窗子冲了进来。我被草绊倒，翻身起床才发现，阳光已经照到了大半个屋子里，窗外的唢呐声哀伤又缓慢。从窗户看下去，一排花圈整齐地码放着，上面密密麻麻的名字分辨不出亲疏远近，也分不清悲与喜。我只知道，二楼那个曾经给我亮过灯的阿姨在这一天没了，她成了花圈上的一个陌生的名字，这个名字再也叫不醒。

这仅仅是个开始，随后有人接二连三地离开这里，一走就再也回不来。

夏天屋子闷热的时候，我会和这群老人坐在一起，听他们说这说那问东问西。我并不是怜悯他们，我只是想起了留守在村庄里的奶奶，我觉得每一个老人都是孤独的，不管生活在城市还是农村。

很快，我的做法给自己惹来了麻烦。大家知道我单身，就老有意无意说认识哪哪的姑娘，可以介绍给我认识；大家知道我在报社上班，去菜市场买菜回来发现少了二两也给我打电话，那口气像是小区里着火了；大家知道我从小就没了母亲，端午节包了粽子中秋节买了月饼就给我送上来几个。我宅在屋子里的安稳生活被这突然的幸福给搅乱了，我开始对这里表现出厌恶来，不想被这甜蜜的负担干扰。

入秋之后，这里看上去还郁郁葱葱的，实际上一切都已经停止了生长，树叶开始枯黄卷曲，脉络像老人手背上的青色筋脉，想到这个，我突然就把植物和老人联系到了一起。这时节，有些人肯定熬不过冬天，就会像这树一样枯萎。只不过来年春天，树又长出新叶子，而人却不能。四季之中，我最不喜欢的是冬天，我在这里待着，也会很难熬。我决定，要赶在雪落下来之前，搬家。

三

我从家属院搬出来，住进了房产证上写着自己名字的新房里。最让我欣喜的是，单元里的楼道灯，只要接收到一点声音就会亮起来；屋子里的每个下水口都有小筛子，比头发粗的东西都掉不下去；楼上楼下的邻居也都是新鲜的年轻面孔。

说起来有些矫情，我刚住进去对这些竟然有些不习惯。不过，我喜欢这里的一切都是新的。我给每个屋子都准备了垃圾桶，培养新的生活习惯。快递包裹撕了家庭住址和电话号码那两行再用水来回刷，直到快递单上看不出任何字迹才扔进去；带回来的资料，用完就撕成条状，揉成一团，即便重新打开也无法一一拼凑回原形；厨房里剩余的蔬菜瓜果皮，有时还会用脚踩实。这些带着个人信息的垃圾，在确定分辨不出原来的样子后我才扔进垃圾桶。

这么做，就是想着不要泄露任何私人信息，以免给自己引来麻烦。不过，三楼的邻居可不这么干，他们经常把垃圾放在楼道里，垃圾袋张着嘴，里面的东西看得一清二楚；他们还总是忘记关门，或许是故意开着，饭菜的味道飘出来满楼道都是。凑巧的话，还能听见他们说楼下保安的各种抱怨的话。

我和他们应该是不一样的人，在对待保安这件事上，就有很大的差别。我家门口总是干干净净的，每次收物业费我都第一时间缴清，下楼碰见保安总是要冲他们笑一下。而他家门口就很少干净过，小到烟头大到刚拆开的纸箱，有时候几天不清理，还有一股怪怪的味道，物业上来贴催款通知，表情复杂又不敢说啥。因为楼道卫生和占用公共区域的问题，有保安曾挨过他的打。

我以为我做得滴水不漏，还是遇到了麻烦，并且防不胜防。麻烦就是来自三楼的邻居，那对见人很客套的夫妻。有一次，我正因为卫生间墙体瓷砖的花色错位跟装修师傅拌嘴，他进来了，见到我就掏出一支烟，一边往我手里递一边喊了声兄弟。

兄弟？对于这突如其来的热情，我有些不适应，不过还是脸上堆笑接了他的问候，回了一句，不好意思，我不会抽。他并没有收回那支烟，"哦"了一声，继续往我身后走，到装修师傅跟前，那支烟就被接住了，他还给点了火。他俩开始说话，都是我听不明白的内容。

可能是看出我的尴尬，他靠过来开始介绍自己。说我是三楼的邻居，咱俩年龄差不多，可能我比你大，以后就是你哥，你就是我兄弟，有事就找哥。嚯，这下不光是兄弟，还具体成了弟弟。我暂时不明白他的意图，礼节性说了句，以后还请多照顾。

本以为礼貌地打完招呼之后，就各不相干了。没想到住进来以后他还真的没把我当外人。刚搬进来的时候，他在小区附近的一家烧烤店当厨师，每天遇见，就喊住我，嚷着去他那吃饭，说只要报他的名字就可以打折，还说市区很多烧烤店把鸭肉当羊肉烤，不好吃不说还死贵，他店里的肉没任何问题。看架势他要给我报菜名，我就赶紧拿出手机，装作看时间很忙的样子，他倒是反应快，很客气地来一句，兄弟你赶紧忙，改天来吃哥烤的烧烤。

我想起去他说的烧烤店吃饭时，他已经不在那里干了，小区保安说有一天半夜他和烧烤店的同事打架，被老板开除了。保安还说，他平时事就多，老板一直找机会，没想到自己撞枪口上去了。有段时间他就天天在小区里转悠，遇见我第一句话就说，兄弟，以后吃饭千万别去那家烧烤店，油不行，肉太肥，吃多了对身体不好。我说，你不是让我报你的名字打折么，怎么这就不让我去了？他有些不好意思，不过很快接了话，我在的时候，油和肉都由我把关，我走了他们肯定会偷工减料，给你吃劣质油和压制的肥肉。我不知道怎么接话，他接着说自己准备在附近租个房子开饭馆，还是自己给自己干舒坦。

没见他自己开起店来，不过没过多久他再出现时，身上穿的就变成了西装，领带是那种看上去很精神的红色。现在，如果不是在婚礼现场，很多人看到穿西装的，会把他们和保险推销联想到一起。他穿西装为哪般，我不得而知。

不光是我，小区里很多人对他突然穿西装这事有兴趣。后来保安告诉我，他确实在跑保险，并且是两口子一起。我还暗自为自己关于西装的判断窃喜，保安就提醒我，他好几次都在院子里推销产品，可别让他盯上。我以为他穿不穿西装跑不跑保险跟我没啥关系，没想到我很快就成了他的推销目标。先是打电话，一上来就非常客气，问东问西，快要挂电话时，才说他有事要麻烦我，并且特别强调楼上楼下，因为是兄弟一样的邻居才给我打这个电话的。他说保险公司有宴会，要邀请一些贵宾参加，还说我的身份比较适合，小区里其他人都没通知，希望我能去。我问我啥身份，他没直接说，只告诉我宴会的时间和地点，我有些莫名其妙，挂了电话就把这事忘在脑后了。可是他没忘，隔一天给我发一条信息，提醒我记着参加。宴会前的晚上，还来我家了，和妻子两个，他手里拿着一副对联，他妻子手里是一个文件袋。

他俩敲门前给我来过一个电话，还是强调要准时参加宴会，并且一定要留意宴会上发布的产品。我以为我不回他的信息见了他就躲着等种种迹象已经给他足够明显的拒绝信号了，并且在电话里很明确地告诉他我可能没时间去，没想到他们根本不理这茬，说要上门来当面介绍。我告诉他自己正在写材料，可他们还是来了，一进门看我趴在桌子上翻着一堆材料，就说，不好意思打扰了，就耽误你几分钟时间。

两口子一起登门还是第一次，我把他们让到沙发上，然后去倒水，被他们拦住了，我这才发现，他们还自带水杯。他们并没有直接开始推销，而是先从我女儿开始聊。除了没说我女儿是整个小区最乖的孩子外，能夸的都夸了，还不时拿他们的儿子做反例。我笑着应承着，顺口也夸夸他们的儿子，算是回礼。这时候他们才进入主题，说宴会上要推介的是一款针对孩子的理财产品，目前小范围认筹，因为回报可观，他们给儿子买了一份，希望我也买一份。为了说明这份产品如何如何好，他妻子打开文件夹拿出自己的认购协议让我看。不过说实话，打开之后我一个字都没看进去，一是我本身对理财一窍不通，最关键的是我看的过程中这两口子一直说个不停。可能是看出我的不快了，他妻子打断他的话，进入一个人介绍模式。本金、红利、时限、收益、责任……这一堆专业术语让我有些烦躁，我在他妻子喝水的间隙开始表达自己的观点。我告诉他们，孩子一出生就买了各种保险，并且最近准备买车，可能没有能力购买这份产品。原以为这句话能把他们堵住，没想到他来了句，我不敢说这个小区谁家的孩子不会得癌症，不过可以保证这份产品绝对能保障一切突发情况。一直在一边跟女儿玩的妻子听见这话有些坐不住了，起身抱孩子要进卧室，这两口子意识到说错话了，赶紧拿出对联说，你们考虑，名额我们想办法留着，啥时候有能力了啥时候找我。

好在后来他也没给我打过电话，见面也不提产品的事。我以为这事就这么过去了。父亲的一个发现让我重新想起这件事。父亲说，以前抱孩子下去三楼的两口子可亲热了，帮着开单元门，还给孩子分饼干啥的，最近似乎有些冷淡。我们一合计还真是，不免心里有些愧疚，觉得自己不应该三番五次拒绝他们，至少应该买一点价格便宜的产品，毕竟是邻居，楼上楼下的，也不好意思。

妻子说，这样也好，虽然尴尬点，好在一个麻烦解决了。这个麻烦哪有那么容易解决啊。没几天，麻烦又重新出现了。我下班回来，恰好在单元门口遇到了他，我进门他出门，两个人擦肩而过时，他说了句回去尝尝他的手艺，我没听明白，上楼一进门就看见餐桌上放着几个油饼。父亲说，油饼是三楼刚送来的。

看着四个油饼，我才明白他说的那句话是啥意思，很快就有些麻烦来临的感觉。晚上吃饭，我们一人一个油饼就着菜吃，妻子说，吃人的嘴短，以后人家再来推销保险咋办？那一晚，我们一家都等着他们再次登门介绍产品，或者至少打个电话提醒我，等手头宽裕时应该找他们买一份保险。

可奇怪的是，整个晚上，门铃并没有响，手机也出奇地安静。

广　场

对　称

　　中午十二点，我从办公室出来，穿过树影婆娑的中山南街，去南门广场。广场上，太阳垂直悬空，站在广场正中央，低头看不到过大面积的影子，只有头和双肩形成的凸字形阴影。卖冷饮的和摆儿童玩具的，东西各占两边，如果不是摆放的物品不一，沿着旗杆的位置东西对折的话，就能让冷饮摊和儿童玩具摊重合。

　　广场上随处可见这种对称，地下超市的入口和出口一东一西，嘴一样张着。连带着两个孩子的母亲，买零食都是买一个，然后用一根头发从鸡蛋最长的那部分分开，蛋白和蛋黄不多不少，满足了两个孩子的需要，母亲扔了沾着鸡蛋的头发，擦了一把嘴，抱着两个孩子上了公交车。公交车上，除了司机室偏向左边外，两边各两排座位，有时候，连开着的车窗位置也完全一致。

来南门广场次数太多，就对各种对称的辨识能力也提高了，有时候就是这恰到好处的对称，才让我看到了广场上的区别。冷饮摊上一直坐着一个头发凌乱、眼神迷离的男人，一瓶西夏啤酒他足足喝了半个小时，生怕喝完摊主会让他为难一样，不过三块钱一根的火腿肠，他倒是要过好几回，每次吃完，细细的竹签留在桌面上，像是要证明什么一样。儿童玩具区，脏兮兮的灰太狼无精打采地在太阳之下，能闻到尿臊味，不过这并不会影响到生意，因为这么热的天压根就不会有人把孩子放到看上去有点恶心的摇摇车上去，这个时候睡眠比游戏重要。

一切看起来似乎很正常，但是你有没有觉得，冷饮摊上从来没有坐过衣服光鲜的男人，玩具区的孩子们都是在上班期间玩，而周末在公园、电影院、肯德基、科技馆、游乐场里的孩子，根本不可能出现。这正常吗？偌大的广场，只有看上去一直睡不醒的人带着孩子在玩，岂不是让广场失去内在的平衡？

"云对雨，雪对风，晚照对晴空；来鸿对去燕，宿鸟对鸣虫……"的对称，变成了单一刻板的建筑对称、商业对称，而"贫对富，塞对通，野叟对溪童。鬓皤对眉绿，齿皓对唇红……"就只能靠想象。

其实在另一个以商业命名的广场，这种失去平衡的对称也在上演。比如万达广场出口，就很少看得见头发卷卷的男子揉着惺忪的眼睛进去，然后拎着大包小包出来。与其说，他们味蕾的需求和物质的渴望在南门广场就能得到满足，还不如理解成，这是对称之下隐藏的不对称的规则，每个人都有自己应对的方法，这是城市的选择。

我觉得，这选择本身就是一个漩涡，不停地运转在巨大的惯性之下，之所以呈现出对称而不是对应，是因为每个被选择的人，都在努力让自己和别人更像。农村来的让自己像城里长大的，城市来的让自己像外国人……他们追随别人，模仿别人，生怕走错了位置，被高速运转的力抛出漩涡的中心。

推销者

广场上从来都不会缺横幅和人群。不过，一切都已经今非昔比。

那些白底黑字的抗议横幅，已经演变成五花八门的广告牌，引人向上的标语也变成了"零首付买手机，享超级大优惠""看不孕不育，到某某医院"等极具诱惑力和引导性的广告语。曾经拉着横幅振臂高呼的青年，早已被写进了历史书里，他们的激情和责任留在过去。

现在，广场上的青年们，一头扎进手机里，把庞杂的现实社会放在脑后，沉迷于手机游戏和网上聊天，他们费尽心思问女网友要照片，围观明星们的绯闻，窥探陌陌上有意无意放出来的隐私。中年人大多翻一本以某某男儿为书名的杂志，每一页都有如何取悦另一半的秘籍，那些专业的泌尿科医生似乎不用望闻问切，听你说话的语气看你走路的姿势甚至通过你看杂志的表情，就能判断你是否有美满的夜生活。老年人斜着头瘫坐在小马扎上，睡得深沉，固定的姿势和来来往往的人群动静结合，偶尔也会猛的一下子惊醒，头斜向另一边又很快闭上眼睛，嘴里嘟囔着，疑似在说梦话。

一群年轻人很快就打破了这沉闷，他们三下五除二在广场一角搭建起一个小舞台，横幅上只有几个意图很明白的字：充话费送手机。音响开启，就听见一万匹马从草原上奔腾而过，穿过女歌手高亢的嗓音，降落在广场。玩手机的青年、看医疗杂志的中年人、睡觉的老年人，都抬起头来，顺着声音看，那声音好像有磁性，很快就把人吸引了过去。一个穿着豹纹短裤的女子拿起话筒喊：中国 × × 公司免费宣传，你不用掏一分钱，就能拿走手纸、牙刷、金项链……

她说着就扬起手中的一把牙刷，牙刷落地，原本坐着的人们一下子起身，向豹纹美女靠近。很快，舞台下就挤满了人，整个广场上的人都聚集到一起，这让豹纹美女很是兴奋，嗓音提高了八度，并加快了扔小礼品的速度。一大把牙刷被捡拾干净，又有几包手纸落下来，人群随着豹纹美女手的方向伏倒又站直。我想起当年的广场，也是一个人手一挥，一群人响应，整个广场为之沸腾。

沸腾过后，豹纹美女发完了小礼品，开始摆弄金项链，台下的人只要买一款手机就能拿到一条纯金项链，这是一款充电一小时能使用十五天的手机，似乎具备所有智能手机拥有的功能，同时还有一般手机没有的功能。智能手机不要钱，但一次性要交 3000 元话费，每月会定期返还，听上去真的很划算。

有人摸摸口袋，把手拿出来又举得很高，等着小礼品被扔下来。有人摸摸口袋，掏出一张卡，很痛快就刷了，拿到了手机和金项链。因此，他在人群中就显得十分独特，别人都是两手空空举着，他一手拿项链，一手拿手机。台上的豹纹美女拿他做例子，一会工夫，好几个人心动了。第一个刷卡的人一直等到人群都散了，才把手机和项链还给豹纹美女，然后几个人悄悄躲在小舞台后面数钱。

舞台很快就被拆除了，豹纹美女和他的伙伴们消失在人群中，人聚集过的地方空出好大一块。人群散了很久之后，我还盯着那块空地看。我才发现，那些推销者抓起小礼品撒向人群的时候，就像渔民抓起渔网撒进了河面。

广　场

临街的店铺，大音响放出来的音乐此起彼伏，你只能听清楚离你最近的究竟在唱啥。"我在这里欢笑，我在这里哭泣，我在这里活着也在这儿死去……"突然觉得，只有这一句和看到的此情此景最相匹配。你看，手拉着手的情侣，经常会和一手把手机顶在耳朵上一手擦着眼泪的女孩子擦肩而过，带着背着包穷游的小伙子弯下腰，把一块钱硬币放进穿着校服跪在路边求助者眼前的纸盒里。表面上看，此刻出现的每一个人都跟另一个人没有关联，其实他们已经以恰好相同或者正好相反的情绪与经历，完成了面对面的遇见和背对背的分离。

广场周边的空气中，噪音和各种香味饱和，弥散出来的，是让人恍惚或者激动的情绪。商业像广场这件衣服上臃肿的虱子，让人痒痒的，却抓不住，或者抓住了，使劲一撵，也只是一声闷响以后看到少量的血和干瘪的尸体。这个蹩脚的比喻如果无法清楚表达我的意思的话，地面上散落的宣传彩页，兼职者手里的气球和标语，墙面上闪烁的霓虹灯广告牌，或许能让你明白一些什么。

等到夜深人静人群散尽你再来广场看，只有躺在自动取款机前睡觉的那个人的鼾声和抱着广告牌的醉鬼呕吐出来的污秽物是真的，白天所有的呐喊和叫嚷，都找不到踪迹，就像虱子吃饱躲进衣服的褶皱里。我突然觉得广场周边的一切是虚无的，只有广场和广场这个词四平八稳，待在原处不动。

老式城门朱红色的墙上能看到斑驳的裂纹，路灯一整夜都照着这些一年中会刷好几层漆的墙皮，却得不到一点回应，只有一个摇摇晃晃的人对着墙褪下裤子之后，墙面才会有一阵潮红，显得平静又不知廉耻。站了多少年了，什么样的悲欢离合没见过，什么样的大场面没经历过，它们早习惯了这城市的纷繁多变，也早学会了以不变应万变的处世哲学，只有这样，才不至于站着站着就突然坍塌了。一座光鲜亮丽的城市，有时候就需要一两座带点古意，又方便贴狗皮膏药般的广告的城墙，就像需要用流浪者来反衬少数人拥有的美好生活一样。

拍照者

我一直想不明白，在拿起手机就能当摄影师的年代，广场上为何还存留着那么多照相的人。

他们一直活跃在广场上，不管是北京、上海这样的大都市，还是人口只有十来万人的小县城，而这拍照者带给人们最直接的记忆则是每家的相册里都有一两张由他们操刀的照片。

这些照片谈不上构图，也没有恰到好处的光影，有时候镜头甚至都是倾斜着的。反复出现在他们镜头里的大多是一些具有象征意义的建筑一角，比如南门广场南薰楼上的画像，火车站广场上具有设计感的雕塑和城市名称，公园小广场里的雷锋像……不一而足，取景框里林林总总的内容，大多只具有"到此一游"的意味。

这或许就是照相者存在的意义。以火车站站前广场为例，这里的人流以出口和入口为起点，呈辐射状，每一个从出口走出来的人涌向一条可能连自己都说不清楚的未知旅途，每一个从入口进去的人拿着一张标注准确位置的火车票踏上旅途。他们短暂停留在广场上，迷茫、等待、相逢、欣喜……在广场上完成离散和相聚……我们无法一一记住这些表情，只有照相机，可以完整记录一个人此时此刻的心情，也只有广场上那些抱着相机张罗生意的照相者，懂得如何呈现一个人的好心情。

有一年我去北京，一个人到天安门广场晃荡，第一次进京看到啥都觉得激动。我拍下广场上啄食的麻雀，拍下迎风招展的旗帜，拍下敬礼的卫兵。我想给自己拍一张照片，可是手里的苹果手机明显使不上劲，我无法一个人完成和一座广场的合影，天安门的一角，纪念碑的一角，排队人群的一角……自拍无法让第一次来这里的我满意。

这时候就有照相者走过来，他们说价格合适，洗印速度快，技术专业。但是我始终对照相者持有怀疑态度，我摆手并离开他们，然后让一个和我一样的人给我拍了一张合影。这张照片上，我的位置和天安门的位置恰到好处，经过后期处理的光，也正好烘托出广场的伟岸和我的敬仰之情。我特意在朋友圈晒了这张照片，但是一段时间之后，再看这张照片，总觉得别扭。这时候才后悔，如果让那些照相者给我拍一张的话，效果肯定不一样。

鸽　子

　　一个农村人到了城市，第一件事是学会说普通话，这就需要他先暂时忘记自己的方言，把说惯了方言的舌头捋直，随时准备流利地和别人交流，以习惯城市的秩序。鸽子也一样，它们甚至比人更快地掌握了向这座城市讨巧的方式，并且正在努力让自己变成广场上最招人喜欢的群体。

　　在广场上，它们不用飞到杂草丛里寻找食物，也不用和麻雀们一起担心举起来瞄准自己的弹弓。它们双翼交叉，如果动用一下想象力，你会觉得那是一群身穿燕尾服的绅士，而不是一群傻乎乎的鸽子。

　　很明显，它们与众不同，这让我一度怀疑看到的是不是错觉。我在村庄里见过那些狡猾的鸽子，它们表面上看笨笨的，一颗小小的头不时转动，警惕而敏感，因此想抓住它们就没那么容易。

　　我们把一把新鲜的玉米扔在空旷的院子里，把一根绳子绑在半截木棍上，木棍顶住一个破旧的筛子，就等着鸽子落下来，每次等来的只有叽叽喳喳的麻雀。麻雀不好养，又没多少肉，总被我们嫌弃，就像广场东边的劳务市场上，那些看起来瘦小又没有多少力气的务工者，没几个人惦记。

　　现在，一群鸽子就在离我很近的地方。有人靠近，它们抬起头，眼珠子盯着对方的手，直到一块钱一包的鸽子食被撒在地上，才将眼珠子从人身上移开。它们吃得慢悠悠的，也不担心被突然伸出来的手抓住。它们似乎喜欢被抓住，有人将鸽子食撒在手心，引导它们走到手上，等鸽子一步一步完成人所希望的步骤后，就会看见有人举着一只鸽子，像个杂技演员一样。

鸽子显然是把自己和麻雀等鸟类区别开来了，而试图和鹦鹉、鹩哥这些站在笼子里的宠物们站到一起。事实上，它们现在的状态已经很像宠物了，只不过需要取悦的人不是一个，而是一个又一个，有时候是小孩，有时候是老人，有时候是傻乎乎发笑的疯子。肉嘟嘟的鸽子们，完全能应付靠近它们的人，它们已经对人完全放松了警惕，一双手迅速伸过来时，它们起飞的速度明显慢了许多。

流浪者

每一个整天睡在广场上的人都是一个优秀的诗人。他们不挑剔睡觉环境，只要能遮风挡雨就可以，凸出来的半截房檐遮住凉飕飕的秋风，超市二十四小时运转的中央空调外挂机，热乎乎的，挡住丝丝寒意，他们躺在广场上一个角落，以地为席，用身体在大地上写诗；以天为被，笑嘻嘻面对这惨淡的人生。其实，我怀疑惨淡这个词是否准确，你看他们睡着的脸，看不出一丝疲惫，很享受一样。

每一个在广场上的脱光衣服的人都是可爱的艺术家。他们会毫无征兆把自己剥玉米一样剥光，身上的旧伤，每一道都有一段合理的寓意，凹下去的胸膛黄沙一般贫瘠，又恰到好处地证明了自己的桀骜不驯和对生活的无力。这座城市里，有很多人心怀鬼胎，却只有一个人敢把自己赤裸裸呈现给大家。所以，看热闹的人中，有人面露羞涩，有人惊恐不安，有人暗自欣喜，我相信这些人当中，一定有人是佩服他们的，毕竟在大庭广众之下把自己脱光，是件要下很大决心的事，不是谁想做就能做到的。

每一个站在广场上歌唱的人都是优秀的歌手。他们唱"如果有一天／我悄然离去／请把我埋在／这春天里……"一股看破红尘对死毫不畏惧的架势，我的感动油然而生；他们又唱"我站在风口浪尖／紧握住日月旋转／愿烟火人间／安得太平美满／我真的还想再活五百年……"又是一股迷恋人世、忧伤满怀的感觉，突然有些心疼他们。

我实在想不出更好的句子来比喻这些广场上的流浪者，我说出口的三个蹩脚的排比句也毫无力量。我深知，只有广场真正懂得流浪者，也只有广场才有资格揣摩流浪者的心思。同样，流浪者对广场最有发言权，也最清楚广场对一个人来说意味着什么。

对于大多数人来说，广场只不过是一个热闹的辗转停留之地，一个去别处而经过的所在，在流浪者眼里，广场却是可以放心赤裸、酣睡、歌唱的地方，这里的一切都属于他们，他们随时可以对着一根电线杆撒尿，也随时可以将手伸进一个垃圾桶的内部翻捡，只要愿意，任何一个地方都可以是一张床，随时缓解疲惫。

这里的一切又都不属于他们，城市管理者会让他们把褪下来的裤子重新穿上，禁止用歌声吸引人群围观，他们把能睡觉的地方用栅栏围起来，种上花花草草，把尿迹斑斑的墙刷了一遍又一遍。不过，流浪者不恼，他们若无其事地从被禁止的地方移动到尚未被禁止的地方，然后接着赤裸、酣睡和歌唱，好像这世界只有他一个人一样。

可疑物

对这个世界保持警惕，得先从怀疑各种可疑物品开始……

我百无聊赖，坐在离路不远的栏杆上。这样就能很清楚地看到每一个从街道上进入广场的人，我双眼紧盯着对面，不放过任何一个可疑的或者有意思的人。我确定，第十四个从我身边走过去的女人，身上所散发出来的香味是可疑的，虽然她走得很快，我还是闻到了一种来自花的香味，一个女人有着花一样的芬芳，她一定有什么不可告人的目的，更何况她走得如此匆忙。但是这一切没有答案，我根本来不及多想，她就消失在了人群中。我为此懊恼，但毫无办法，这个女人一定有故事。

我看着她走远，扭过头来的时候就看到一个摄像头直直对着我，它可疑地盯着我的一举一动，我从上到下看一个女人的全过程让它看得一清二楚，这让我怀疑它的背后坐着的那些人是不是天生的偷窥者。我调整了站姿，把刚伸进鼻孔的指头拿出来。那些坐在摄像头背后的人，一定看到我盯着第十四个从我面前经过的女人看的全过程，他们肯定也多看了那女人几眼，但是他们闻不到那种来自花的香气，也闹不清那个女人到底有什么样的秘密。这可疑的摄像头，也有监控不到的时候？

　　我对处于监控之下的广场保持怀疑态度。摊贩十块钱四斤的橘子有些让人不放心，它们疲软，像一个人到了暮年，但是在阳光下又是那么色泽鲜艳。有一种被叫作蜡的东西，据说用在水果上就像化妆品用在了人的皮肤上一样。我担心这看起来饱满的橘子，剥开之后会有虫子，至少它们已经干瘪，有了暮年应该有的斑纹，吃起来肯定生涩。我不想吃橘子，准备买一瓶水解决我口渴的问题。可是，康师傅变成了康帅傅，雪碧变身为雷碧……我更不敢喝了，索性渴着。

　　身后的红灯变绿，车辆嗖嗖嗖就过去了。这时候一声急促的猛烈的刹车声，在砰的一声之后戛然而止，两辆车相向而撞。车上的人下来，手抖着打电话，好像拨通一串号码就能让车祸倒带一样退回去，这下有好戏看了，一堆人围过来。可是让大家失望了，不一会交警来了，确认司机信息、拍照、录口供、确认事故原因、下责任认定书……一切行云流水，我没看见两个司机对彼此的歉意，也没看见我想要的争吵和对峙。保险公司也来了，确认司机信息、拍照、录口供、确认事故原因、下责任认定书……一切又行云流水，我没看见两个司机彼此的懊恼，也没看见任何的不满。他们处理起交通事故来是如此轻松，害得围观者一阵紧张。处理完事故，两个车主各自启动车朝各自的方向驶去，围观的人站在原地若有所失。

街　道

对于街道的印象，最早的记忆来自童年去镇上赶集的场景，那里有我所熟悉的第一条街道。它简单，站在这一头，就能看到另一头，中间连个拐弯都没有；它复杂，街两边集合了十里八乡的人流和物资，作为乡下解决供需的所在，丰富着我们清淡的日子。

我一直觉得，它像斯卡布罗集市一样迷人。腊月，每个人都带着迎接新年的喜悦，盲目而快乐地从四面八方汇聚而来，朝圣一般拥挤在同一条街道上。他们觉得，不管这一年丰收与否、快乐与否、健康与否，似乎只要赶了集，就能把过去一年的不如意和不痛快、贫穷和疾病，统统都赶走。毕竟过了年，一切就都是新的。于是，日子好过的和不好过的都集合到镇上，按照口袋里的积蓄的多少，购买一家人所需要的东西。

一条街道上，熙熙攘攘全是人，以及固定的摊位和附着于人身体之上的流动的货物。儿时对人流如织、摩肩接踵这类成语，尚没有具体的概念，虽然已投身其中，作为孩子，却根本来不及感受拥挤意味着什么，因为通常我们扮演着一个陪伴或者帮忙的角色，我们并没有什么东西要买，仅仅跟在大人身后，被大手牵着走过人潮，就是一件很享受的事情，更别说可能还会有期待已久又意料之外的馈赠。

喜欢观察人的癖好，就是在赶集的时候养成的。特别是观察街道上动态的人们，总觉得他们脸上写着春秋，表情直白而又复杂，有购物前的欲望，有囊中羞涩的窘迫，有无所事事的悠闲，有做了亏心事的慌张……一条街道，囊括了乡下人所有的表情，也囊括了乡下人所有的悲欢离合。街道就成了我在乡下时最想去的地方，也是很多人离开村庄之后，所能走得最远的地方。

那时候县城是遥远的，要抵达那里，得走好几公里山路，还要坐班车摇晃一个多小时，那时候生活窘迫，也没有去县城的必要理由，因此县城在很多人眼里，虚幻而无法想象。

只有镇子和镇子上唯一的一条街道，是人们可以随时抵达和触摸的，也是具体的。镇子是排列整齐的砖结构房子，是门头上挂着的招牌，是柜台上整齐码放的墨水、纸张和笔记本，是几毛钱就能获得的糖果，是理发店、药店、文具店、五金店的集合。

镇子上的唯一一条街道也是。可以这么说，街道就是镇子，镇子就是街道。它们既是我童年所能到达的地方，也是我的认知所能理解的地方。在街道上的中学读书的几年里，我接触到此生最初的有别于乡下常识的内容：恋爱、欺骗、盗窃、赌博、背叛……在镇上的成长，比在乡村的十几年收获都要多，由此，我也终于意识到人为什么要离开村庄。

后来，在一纸通知书的指引下，我从这条街道上乘车，到达了虚幻的县城。这里，有比镇上多得多的街道，这里也有比镇上丰富得多的生活。这里，街道不等于县城，县城也不等于街道，但又彼此交叉，彼此影响，彼此独立。

第一次见红绿灯，应该是在我家的12英寸熊猫黑白电视上。一群人，在街道上走着，抬头看到悬在半空中的三盏灯，其中的一盏亮起来，人们突然就停了下来。我好奇这三盏灯的功能，跟孙悟空的定身术一样，于是就希望村里也能有这么个灯，蚂蚁一样忙碌的人们，就可以在这三盏灯跟前稍事休息。到了县城才发现，这三盏灯是有红黄绿颜色区别的，红色的那盏会定身术，绿色和黄色，对脚步没多少控制权。

在县城里第一次过马路，就被绿灯难住了，脑子里一直留着定身术的记忆，看到这三盏灯就不知道怎么走。我的老布鞋一定记得我在马路对面的尴尬和无措。我看着大家在绿灯之下快步通过，就是无法说服自己迈出那一脚，就怔怔地立在原地。还是在路人的背影鼓励了我，我逃一样从路的这一头跑到了路的那一头，头也不回地朝前走了。

走出去这一步，后面的步子就从容多了，而我这才发现，城市有别于村庄的是，村庄里出和入，只有一条路，而城市里任何一条路，都可以让你走出去，也可以让你走回来。

这时候我就联想到村里进城的人。在乡下，一条路走到黑，祖祖辈辈走，祖祖辈辈被困囿于一隅。而那个走出去的人，被道路吸引，被红绿灯吸引，彻底离开了乡下。他们在红绿灯下，也一定经历过我经历的慌张，也一定有过我有的从容。现在，他们和城里人一样，挺直腰杆，站立在红绿灯前，随时准备着冲到对面去。

由此，我开始熟悉城市，熟悉街道。

很长一段时间里，我一直试图描述清楚一条街道，可这是一件比较困难的事情。这么说吧，你觉得街道是流动的，就把舒缓流畅的街道比作河流，街两边的高楼和树影，是河岸和岸边的植被。

可是，如你所见，街道岿然不动，流动的是车辆和行人，因此，街道充其量只是河床。而你如果真的把它看成了河床，街道又从来不改道，从来不干涸，并且和两岸之间没有任何障碍，让你更加笃定描述的不确定性。

其实，不管你从哪个时间段哪个路口进入一条街道，你遇到的街道都会呈现出不同的形态，它们除了位置相对固定以外，一直都处于变化当中，并且变化毫无规律可循，因此你根本没办法抓住它的特征。

想说清楚一条街道，难度可能在于这条街道的名字经历过无数遍的更改，而每一次更改都有恰当的理由，每一次更改之后又都有一段不同于其他次的历史，相互印证，相互重叠；难度也可能在于这条街的方位虽然一直没有大的变动，但即便在经纬度不变的情况下，也没有人能准确说清楚它的方位，在有些人心里街道的方位是家，有些人则将方位当作出发点，有些人只是将它作为一个名字；难度还可能在于你从来不可能在同一条街道的同一地点听到和上一个时间段听到的完全相同的声音，声和音的多变性，让街道有了捉摸不透的声调；难度可能也在于每一种气味都有可能在街道上找到出处，同样每一条街道都有属于自己的气味，没有两条气味相同的街道，也没有一条街道上的气味从头到尾都相同，等等。其实，难度根本上在于人，是人改变着街道，人的多样性导致了描述街道的复杂性。

　　确实，想描述清楚一条街道是有难度的。在路过而不停留的人眼里，街道是一种模样；在经常行走的人眼里，它又是另一种模样。人们想记住一条街道的模样，甚至根本不用记住它的名字、位置、长度、宽度，也不用记住它的温度，即便是随意记住点啥，比如路边的狗摇尾巴的场景，或者院子里的桃花开出围墙的样子，最后都成了想起一条街道的由头。这被记住的一点，有可能就是街道的一种模样，也可能是街道的全貌。

　　一千个人有一千种观察街道的方式，飞行器流行的当下，航拍给街道呈现自己提供了最佳的视角，遗憾的是，高空在带来美感的同时，却技术性地忽略了街道的细节，而这恰恰是街道最迷人的地方。为了便于导航，百度地图推出过一款类似于VR的观察方式，一辆汽车上架一个摄像头，走到哪里拍到哪里，然后形成整个城市的街道环境。

我曾查询过我经常出现的几处区域，说是三百六十度无死角，可展示出来的却是行车记录仪的既视感，因此也不是最佳选择。只有人站在街道上，调动全身的器官，脚、眼睛、耳朵、鼻子，包括内心，感知到的街道才是某一时刻最为真实的街道，才有讨论的必要。

要讨论一条街道，必须从它的名字开始。名字对于街道来说，是至关重要的，一条没有名字的街道，是可疑的，是不值得信任的，就像一个没有名字的人一样，人们经常会为他的来历和目的做出各种猜测，导致对这个人也有了不确定的看法。每条街道都有名字，每个有着名字的街道上，又都有着不一样的故事。名字是街道的血脉，也是它的开始和结束，知道了名字，就差不多知道了一切。

银川，是我抵达的第一座真正意义上的城市。和诸多城市一样，它由无数条街道和无数幢建筑组成，对于一个乡下孩子，这无异于迷宫。十四年前，我刚到这里时，百度地图和导航都还是未可知的陌生事物，报刊亭里的地图和街边的路牌，是穿行于银川的主要依据。我拿着它，从城北的汽车站，坐公交车去城西的宁夏大学。

车站和大学之间，由好多条街道串联，还需要倒一次车，以至于虽然对沿途景色异常好奇，但又不敢掉以轻心，一直盯着经过的站台。城市就是这样，虽然条条道路相通，一旦走错，到达的时间就会成倍增加。

这时候，不光要名字，还要方向来指引。日本当代著名建筑师芦原义信说，街道从根本上是以人为本的，肯定了人的存在。当我们认清自己的自然风土，创造有人情味的街道时，至少应看清方向。

方向作为街道最原始的组成部分，东南西北，以及由此生发的各种组合式方位，跟基因一样早早决定了一条路的走向。没有人在意路牌上的东南西北，是不是地理意义上的东南西北，他们只在意它们是不是自己要抵达的东南西北。

其实，走在街道上的每一个人，都有一个或者多个方向，方向就像网一样，把人们紧紧抱住。于是，故事在街道与街道之间蔓延开来，谁的悲欢，谁的离合，已经不再重要，作为城市故事的发生地，街道承载了每个人最本真的生活方式，它安静沉默，像一台永不停歇的摄像机，记录着所有平凡生命的行走，熙熙攘攘的人群，构筑起城市的热闹，只有街道知道热闹背后的真实。

味道可能是判断和区别一条街道最重要的信息，每条街道都有自己的味道，且这种味道只能属于它所在的城市。街道以血管的方式穿插在城市庞大的身体内部，人们就把对血管的呆板看法转移到它身上，认为它缺乏个性，千篇一律的形状设计，和沉默的柏油铺陈，让一些人把自己的死气沉沉也归结于它。但是有一些街道，它即便单调，你也会在不同季节发现它不同的味道。

我突然又想起了乡下那条街道的味道，从西往东走，依次是羊肉的膻味、饼子的香味、煤油的怪味、书店的墨香味，还有商店里混合的味道，以及戏曲的味道、马戏的味道、放映厅的味道。它们曾调动过我的味蕾，也组成了我的街道记忆。每条街道都在观察者的偏爱中获得属于自己的味道，而这种偏爱的味道，成为记住一条街道最直接的方式。

街道上的声音，很大程度上决定了街道的品味。乡村街道的声音里，牲畜的叫声和拖拉机的轰鸣，形成和弦，一听就是一派乡村图景；县城的街道，管理者刻意拒绝了牲畜，保留下拖拉机、蹦蹦车等农业重金属的嘈杂和混乱，置身其中，有莫名的亲切感；但凡大一点的城市，街道上的声音往往单一、乏味，车的马达和轮子摩擦沥青的声音，尽量掩盖住人的焦虑和浮躁。

任贤齐和刀郎就是我在乡下街道上认识的，那时候，他们红得发紫，县城街道两边的商店里都在播放他们的歌。你从街道的一头到另一头，会感受到不同的音乐风格相互交叉的奇妙场景：2002年的第一场雪，比以往时候来得更晚一些……我等的船还不来,我等的人还不明白……是你的红唇粘住我的一切,是你的体贴让我再次热烈……一波还未平息,一波又来侵袭……两首毫无关联的歌曲,就在此起彼伏间完成了一轮播放,感觉自己一会等二路汽车,一会在太平洋底,红唇的热烈和柔情,一波一波侵袭,一波一波过去,商店的招牌在切换,高音喇叭里的歌词在切换,过路人的表情在切换,街头这一幕幕像电影一样播放着,我来不及体会,就走出了街道。

提到音乐,自然会联想到绘画。天才画家文森特·梵·高有两幅画,莫名切合了我对街道的理解。其一是 1887 年创作的《克利希林荫道》,画面是文森特·梵·高所住公寓附近的一条街道,画面中四月的城市街道,和四月的乡下小路很像,萧条却暗含生机。

我一直觉得,四月是一年里城市和乡下在气息上最接近的月份,都刚经历过寒冬的萧瑟,都蕴藏着发自内里的力量,这时候城里和乡下都像刚睡醒一样。里尔克在《四月》中写道:此刻窗已安静 / 甚至雨珠也轻轻滑过 / 石上宁静青黑的光 / 所有的喧嚣 / 蛰伏在嫩枝闪亮的花蕾。

我就喜欢里尔克笔下喧嚣蛰伏的状态,可很快,四月的城市就会把四月的乡下扔下,通过一条又一条的街道,一下子蓬勃起来,复又进入喧嚣,进入快速的循环,而乡下的土路上,季节依旧慢慢悠悠。

气息的相近性,可能是我这个不懂艺术的人喜欢这幅画的原因之一。就允许我试着解读一下这幅画吧：在这幅画中，色彩视觉混合、色彩相互渗透，笔触的轻妙律动，街道上早春的气氛透过纸面，散落世间。横线笔触下的树木，有一种看不见的空气流动，与前景道路散落的笔法相映衬，构成了一种包罗万象的空间流动感。

我上班的单位所在的中山南街，或许就是文森特·梵·高笔下这条街道在现实中的投影：街两边都是表情呆滞的楼宇，依然保持着二十世纪八十年代的设计，楼体以灰白色的水泥外墙为主，因为没有大面积的玻璃等现代建筑必不可少的构成部分，所以显得古朴，有一种慢时光的感觉。

每一个上班日，我都会从街道的南边走到位于街道北边的单位，尤其是春天，我穿过由正在发芽的槐树树冠覆盖的街道，闻到春的气息，这是大地的气息，它压制住汽车尾气，压制住尘土，让春穿过这条街道，再抵达另一条街道。

中山南街灰白色的色调，或许让它在五光十色的城市里逐渐趋于普通，甚至黯淡，但当我走过无数次之后，才发现，不管你怎么看待它，它都显示出一种活跃和包容，它告诉我们，比起终将逝去的结局和悲悯的环绕，更重要的是，中山街两边的餐厅门口一日三餐升腾的雾气，袅袅白烟，生机从不间断，那是生命曾竭尽全力留存下来的痕迹，也是一条平凡街道所能记录的全部意义。可是，街道是多变的，十四年之后，这里已经变成了商业区，手机降价、网费降价、零首付贷款的信息，和着这个时代的节拍，让街道改变了气质和模样。

　　我所喜欢的街道的第二种气质，在文森特·梵·高的《阿尔夜间的露天咖啡座》里。梵·高酷爱天空层次不同的蓝色，这一点从他在阿尔的作品经常混用橙、蓝这两种补色就能看得出来。而在这幅作品中，室内明亮的灯光洒在屋外卵石铺就的广场上，深蓝色的夜空中群星闪烁，宛如朵朵灿烂的灯花，形成另一种夜空之美，让人迷恋。我最中意的，除了天空中的蓝紫色与房屋墙面中大块的黄色之间的强烈对比，除了橙色与绿色构成典型的补充，还有作品里透出来的轻松、宁静的气氛：咖啡座上，一半空着，一半坐满了人，有人正在离开，有人正在赶来。

　　在我的意识里，这才是城市应该有的样子，一些人忙着生活，一些人忙着享受生活，在空与满的穿插中，街道暗中观察着来来往往的人。

　　那时候，我所在的城市西区，刚经历过一次工业的大萧条，街上遇到的人总是一副忧心忡忡的样子，因为工厂转型或者直接倒闭，他们丢失了工人的身份，只能收起当年的自豪感，收起工服，变成餐厅里的服务员，出租车里的司机，以及混在人群里的小偷。每天不同的时间段，扮演着不同身份的人都会在特定时间出现，街道都默默承载着他们的脚步，不管沉重还是轻浮，它都周而复始地接受了轮回。街道上，每个人都是一个坐标，无数个坐标一起组成了一个完整的平面。这个过程中的阵痛，我们这些做学生的无法理解，我们被周遭的老旧小区和工厂包围着，却丝毫不会受到居民们情绪的影响。一个摊位空了，很快又会有另一些人填满它。同一条街道，年轻的少年，挥霍着青春，而中年的人们，在人群中紧紧抓住生活，生怕它溜走。

我总是忍不住将城市和乡村做比较，包括比较街道和乡下的土路。这两者自然是不一样的，土路是属于乡下人的，城里人一年走不了几回，而街道既属于城里人，也属于乡下人，很多时候，乡下人走得比城里人多。城里人在城里住久了，就向往乡下的生活，而乡下人在城里住久了，也就成了城里人，他们说话、走路、交际的方式，和城里人没什么两样。他们走在同一条街道上，有着完全不同的念想。我的童年是在乡下度过的，因此记忆中并没有太多关于街道的内容，植物、麦田、山路、溪流组成了一条看不见的街道,任由我的童年在上面恣意成长。真实的街道则硬生生地把我从童年里拽了出来，我第一次知道柏油路，第一次发现脚印无法留在路面上，第一次走路还有路灯照亮，第一次感到路的漫长……都发生在街道上。它改变了我的生命轨迹，每次在城市的街道上走过，我就完成一次乡下人的蜕变，完成一次城里人的融合。

有一年中元节，我恰好在北京，入夜经过一条没记住名字的街道，才发现北京城里的人们，也会在街道上给亡人烧纸。夜幕降临，我步履匆匆，根本没有想起今天是 个纪念的日子，是他们提醒了我。我驻足远眺，看见一家人朝可能是家乡的方位跪下的一瞬间，突然就热泪盈眶了，不知道是因为独在异乡的感伤，还是单纯地被他们打动。这些北漂的异乡人们，在努力地接近和成为北京人的过程中，依然保留着最原始的纪念方式，他们不管走多远，心里都住着故乡，都惦记着埋在那里的亲人。这一刻，才觉得他们对自己变成外乡人的亏欠，都在那一跪里。这时候，他们将北京的大街当作家乡的土路，把独在异乡为异客的悲伤背景扔在一边，认真地烧纸、叩头，仿佛眼前就是故乡。这时候，城市的街道就是乡下的街道，活着的人从上面走过，死去的人也可以从上面走过，以自己的方式。

我一直对北京这座城市有疏离感，总觉得无非是有点历史，无非是城市发展飞快，这些人的出现，让我改变了对北京的看法，甚至对接受跪拜的那段街道，有了深深的敬意。我在我所生活的城市街道上，见过清晨送葬的队伍，当时，他们脸上的表情、走路的姿势，和乡下人一模一样，不同的是，整个县城静默，没有人出来送行，人群走过之后，街道上只留下几张纸做的铜钱。街道收留了它们，就像土地收留死者一样。任何地方的土地都是大方的，任何地方的街道也都是大方的。

我一直相信街道是有记忆的。一场车祸，哪怕没有目击证人，街道知道车祸发生的每一个细节，它沉默不语，立在街道两边的监控替它说出一切。夜色中，一个哭泣的人，没有人知道他的眼泪有多重，街道知道眼泪里的成分，知道悲伤背后的故事，它沉默不语，站在两边的行道树替它记住一切。

此刻，谁在街道上奔波，他将永远奔波；此刻，谁在街道上哭泣，他将永远哭泣；此刻，谁在街道上幸福，他将永远幸福……街道这个穿越时空的记录者，抓取每个人的某个瞬间，绘制出一个普通人一生的轨迹，绘制出一座城市所有人的轨迹，同时替所有人记录，替所有人保密。

街道是有个性的，不过它的个性不由自己来决定，而是由每一个出现在街道上的人所决定。街道一开始，跟一张白纸是一样的，街道兀自向人们诉说着自己的风貌和个性，民政部门给它立起写着名字的路牌，交警设置了指示牌并施划了网格，路政把井盖和下水道箅子按照规定摆放整齐，一条和别的路几乎一样的路就出现了。

这时候，不同的人出现，让它带上不同的个性。街道上走过什么样的人，它就带上什么样的气质，多重气质叠加，就形成了街道的气质，复杂而独树一帜。羊肉街口是一条十字路口，这里在百年以前，是经营羊肉为主的街市，城市变迁，市场已经无迹可寻，留着一个指向性明确的名字，给居民以念想，给陌生人以方向。我在这里上班，十年间，每一次坐公交车，报下一站羊肉街口的时候，我就准备下车，吃羊肉的时候，就会想起它。我知道这里是我人生的一个结点，是我一个乡下人成为城里人的一个标记，因此，我很在乎这条街道。

我认定，我曾经长期盘踞的怀远路、中山街、羊肉街口，这几条街的气质里，有我的一部分，我颓废的时候，它们也萎靡不振，我开心的时候，它们兴高采烈。在乡下，我只能改变土的命运，只能改变花花草草的命运，在城市里，我能改变一条街道的局部气质。

街道维系着城市的秩序，记录城市的形成、崛起、昌盛的过程，记录季节在人身上，在植物身上，从衰落到繁盛的转换。它既是城市的身体，又是城市的灵魂。它连接着一个又一个具体的人，连接着一个又一个复杂的家庭。

我们每天都可能出现在街道上，但是在街道面前，却没有人成为真正的地理学家和历史学家，但每一个人却可以是诗人，是作家，可以把街道上属于情感的部分用逝去的诗歌、优美的语言来记录。

普鲁斯特说，生命只是一连串孤立的片刻，靠着回忆和幻想，许多意义浮现了，然后消失，消失之后又浮现。我本来试图从街道上寻找城市的秘密和意义，可是我看到的，都是你们看到的，也如你所见，它们是多么偏执而又肤浅，于是便认命了。与其煞费苦心地借助街道思考，不如做一个街道的观察者、参与者，等多年以后，靠回忆和幻想，还原一条条生命中经过的街道，这样我不管走多少路，都不会迷失在街道之中。

对　视
——一棵树的观察札记

当你观察一棵树的时候，树也在观察你。

——题记

一

我偶尔一瞥，才发现那棵树竟然在看我。

它不是一棵别的什么树，而是一棵槐树。正好长在我所在单位的南门口右侧，对着我位于 4 楼的办公室。

它不是一片叶子或者一个枝杈看我。它露出墙外分成两半的粗大树干，以及所有朝北的叶子，都看着我。

它不是规则生长的那种槐树，在经历过无数次修剪，以及暗地里的自由生长之后，硕大的树冠朝东西两边倾斜，因此它是斜睨地看着我。

　　槐树是我所熟悉的，乡下最多的就是槐树。可当我真正面对一棵槐树时，才发现对它竟然一无所知。赶紧百度，才知道槐树属豆目豆科，多为行道树，而植槐的习惯自古有之。

　　网络就像槐树的庞大根系一样，越检索信息越多。比如，周代宫廷外种有三棵槐树，三公朝见天子时要站在槐树下；再比如，戏曲《天仙配》中有槐荫树下判定婚事、送子槐下的情节。

　　获取的信息越多，就越觉得槐树陌生。其实，我无心用百度来丰富对槐树的认知，心里琢磨着，从槐树以外寻找点别的东西，或许更能发现它的意义。

　　一个上午，我的案头翻开着翁贝托·埃科的《玫瑰的名字》，刚好读到他谈美感的内容："营造出美感需要有三个要素：首先是完整或完美，因此我们认为丑恶的东西往往是残缺不全的；其次是比例适当，或叫和谐；最后是清澈和明亮。确实是这样，我们把色彩亮丽的东西视作美。由于美蕴含着安宁、善良和美好，我们的欲望也同样能用安宁、善良和美好来调节。"

　　我的目光一会停留在写美感的这几行字上，一会停留在槐树上，突然觉得，园林局的工作人员让槐树成为解放东街的行道树，是受美感的影响，还是仅仅是个巧合，回忆起这几年从槐树下经过以及站在高处看槐树的场景，突然就有了一种感觉：解放东街143号，因为这棵槐树，和解放东街其他的建筑物就有了区别。

不说春天里槐树用无数片叶子让街道绿意盎然，光说在现代建筑的同质化情况下，总觉得街道两边的各式单位好像是同一家单位，而这棵槐树，因为其独特性就成了区别、指路、抵达和记住的标志。

如果有一天，你对这座城市的出租车司机说要去报社，他一定就会给你两个选择：十字路口，还是槐树下？十字路口是另一家级别更高的日报社，他们的办公大楼，在这个区域鹤立鸡群；而槐树下，则只有银川日报社这一家单位，9层高的老式建筑，和报社的气质很搭配。

我对比了一下，这棵槐树虽不是整条街道最高的，却是整条街最有特点的。别的槐树都长在机动车道和非机动车道之间的花圃里，它却独自立在人行道和机动车道过渡带，因此树的北面紧贴着单位的围墙，受此影响，槐树的分叉只能呈现出东西走向。发挥一下想象力的话，你会觉得它像一棵大型爬山虎，附着在楼体上，实际上它们之间保持着一定的距离，只有影子依附着墙面。槐树分叉的两个偌大的树冠，刚好超出单位高大的门廊，如果从单位楼上看，有一种墙上长出了树冠的错觉；而站在街道的另一边看，发现槐树和整个单位浑然一体。若是没有这棵树，这家报社就和这条街追求利益的银行、需要生源的培训机构、三家紧挨在一起的药店、门可罗雀的食品超市一样，没有特点。

树冠之下，是单位的文化长廊，长廊里有阅报栏，也有休息区，经常能看到老年人弯着腰拿放大镜看当天的报纸，也老见到流浪汉躺在长椅上睡觉，还有个老年二胡爱好者，时不时来练习那首不太熟练的《二泉映月》。不同的人，出现在树荫下，他们因此也和过路的人有了区别。

长廊里出现的人与物，成了这座城市少有的景致，他们和它们的存在，得益于这棵槐树，是槐树用高大的茂密的树冠营造出一小块阴凉之地，也为这座城市留住了记忆——阅报栏，已经成为历史记忆，行走的人们低着头，迅速地翻一下手机，几十条新闻就从指尖滑走，除了老人，再没有谁能停下脚步去看一张张被贴起来的报纸了。流浪汉，也已经成为一种概念，在街边，你见到的更多的是拿着手机直播的人：跳舞的，唱歌的，搞笑的，甚至连哭泣都有很多人围观。流浪这种灵魂高雅的事，已经很少有人做了，即便遇到一个，也可能是蓬头垢面，提着袋子捡垃圾的拾荒者，他们身上根本没有那种以地为床以天为被的潇洒。拉二胡的跳街舞的，本来应该聚集在公园或广场，他却从人群里抽离，独享树下的时光和空间，这时候，你会觉得他不那么娴熟甚至有些难听的二胡技艺已经不重要了，他一出现，就让树荫下生动了。一棵槐树，让这个空间同时拥有了这两个已经渐行渐远的文化符号。

二

五月份的头三天，我借着放假的空档约了中介去看房。看得多了，不用看新闻就能得出结论：银川这地方，虽然位居西北内陆，经济欠发达，但房价却一点也不含糊，新开盘还没交房的小区，房价一个比一个高，一年前还是一平方米八千元的楼盘，一年多后已经一平方米一万二千元了，并且还都是普通人高攀不起的大户型；开盘交房后有人住进去的小区，二手房房价倒还亲民，可总觉得装修过的样子不好看，没装修的楼层、户型又不是很喜欢。

东奔西跑了三天，依然是毫无收获。节后上班，脑子里全是看过的房子：产权、朝向、户型、采光、楼层、物业、学区房、医院、超市、增值税……完全没有心思操心节后的民生新闻选题。

其实，操心也都是各种闹心内容，无非是五一期间各景区迎接了客流高峰出现拥堵，无非是上半年截至五月份房价一路上扬涨幅位居国内第一，无非是有人在返程的路上出了车祸……各种混搭新闻，各种复杂的社会现象，被一个字一个字地呈现，虽然已入夏，可这些铁青的汉字，还是让人觉得冷。

眼睛离开电脑屏幕，短暂地离开新闻，目光就自然地转移到这棵槐树上。

突然觉得，这棵槐树真是幸福，它就没有这样那样的烦恼。按照它的粗细程度判断，这条街道还是一片庄稼地的时候，它应该就出生了，路修起来，它顺理成章成为管理在册的行道树，树的一生顺风顺水。

在城市快速扩张的过程中，它见证了身边的建筑的变化，见证了身边经过的事物的变化，而自己，除了长粗长高，没有别的变化。在这座城市里，这占地面积不大，空中居住面积却不小的槐树，也不担心没地方去，作为街道的居民，它享受着定期修剪管护、定期体检的各种待遇。槐树上的鸟儿们，也没有烦恼，落户之后，它们想去哪翅膀一张就去哪了，不怕油价贵，也不担心没有停车位。飞累了，回到树上，每一枝树杈都可以落脚，而牢固的鸟窝，并不比我有暖气的办公室或者一家四口挤在一起的楼房效果差。我们的报纸经常会报道某人因为房屋漏水、物业费纠纷、学区房划分、房屋产权等问题苦恼，记者深入现场，了解矛盾，再抽丝剥茧去解决问题，这一类报道看多了，就觉得住在树上的鸟儿幸福，它们至少不会有这样的烦恼。

槐树的叶子还不是太密的时候，我观察过住在树上的鸟儿。最常见的是两种，喜鹊和麻雀，不过似乎只有麻雀把家安在上面，喜鹊不知道是串门，还是临时落脚，总之没把这里当家。它太吵闹了，让人头疼的是，它一旦出现，就不时地发出喳喳喳的声音，好像是跟树或者麻雀在吵架，并且从始至终是一个人在吵，喋喋不休。这还不算，这个邋遢的家伙，吵累就要上厕所，屁股一抬，一坨白色的物体就飞了下来，不一会，树下就肮脏不堪。经常有路过的人中招，心态好的，觉得这是幸运，有买彩票的冲动；心态不好的，觉得晦气，就冲树上骂一句，喜鹊才不理他。

麻雀一家估计是怕吵，白天躲着不见，到了夜里才回来。我判断它们在这里安家的依据，除了小小的鸟巢之外，还有后来的一场意外。某个夜里下了一场暴雨，一夜雨之后，槐树落了不少叶子，有枝丫被折断，树冠乱而憔悴，一夜的折腾，整个城市都显得疲惫，不要说在风雨中熬了一夜的槐树。大家发现槐树下出现了一个长在半截树枝上的鸟巢，很明显，它是被风雨交加的坏天气给吹下来的。鸟巢边有两只小麻雀，已经僵硬，一只湿漉漉的大麻雀在它们身边飞来飞去，不时有车和行人经过，它一会飞起来，一会落下来，一直围着鸟窝和小麻雀转。

那只大麻雀的悲伤，大概只有这棵槐树知道，它感受过一家人在一起的欣喜和幸福，也见证过狂风暴雨之下一家人的风雨飘摇，这连槐树也没办法避免的灾难，撕碎了一切。槐树或许处于愧疚中，它一动不动，看着大麻雀在地面上飞来飞去。

环卫工人很快就打扫干净了树下的枯枝落叶，那个做工精致的麻雀窝，也和半截树枝一起，被扫进了垃圾桶。两只夭折的小麻雀，后来成了单位院子里那只野猫的午餐。悲伤的大麻雀不知所终，地面上毫无痕迹，树冠也慢慢恢复原状，只有曾经有一个鸟窝现在只剩下伤口的半截树枝，还留着麻雀一家雨夜的惊慌失措。

刚开始还羡慕鸟在树上落户的幸福，没想到很快就经历了它们家破鸟亡的悲剧，原来，鸟的一生和人的一生一样，有时候也活得艰难。于是，有那么几次，看到槐树的时候，就想起那个掉下来的麻雀窝，后来，再没有鸟在槐树上做窝了。

仔细想想，一个鸟窝，出现在某棵树上之前，也要经历选址、搭建、入住等诸多过程，建成后还要担心喜鹊霸占，风雨威胁，这一系列过程，和在城市的某个小区买一套房子一样。不过，鸟儿们不用担心房价和缴税的问题，也不操心物业和学区房、医院以及超市这些。它们需要的，是安稳。其实，人买房子，无非也是求安稳，租房和流落街头、寄人篱下这些词的效果一样，总让人觉得不踏实。

槐树给麻雀解决了不踏实的问题，两个树杈之间牢固的地基，杂草、树枝和毛发在精心的编织之后，一个安放全家的窝就出现了。它面积随心，面朝阳光，麻雀一家其乐融融，它们早出晚归，它们忙忙碌碌。可是谁也没想到，结局会是这样。

后来的后来，那只麻雀再也没有出现过，别的麻雀也没有出现过，而那只喜鹊，还是经常来，经常喳喳叫，经常和树吵架，一直持续到冬天来临。

三

夏末的时候，这条街上的槐树们，才集体站到季节舞台的最中央，在此之前，它们暗含力量，养精蓄锐，整条街也只有

174

两排槐树形成的墨绿浓云，以及灰色的街道和街道两边的白色建筑，树和建筑形成的气氛，多少显得有些压抑。

因为和其他树种花期不同，这时候盛开的槐花，就成了重要的蜜源植物，它不光让蜜蜂和蝴蝶着迷，也让我这样的观察者着迷。槐树开花的样子，总让人忍不住要多看几眼，而那天然的香味，让半条街都变得迷人起来。

我只能从高处俯瞰槐花的样子，在这里请容许我使用一个蹩脚的比喻：它就像一个香气逼人的美女的背，总让人想入非非；而铃铛状的花瓣朝下，究竟吸引了多少蜜蜂和蝴蝶，不得而知。

槐花一开，单位门口就成了一些人打卡拍照的地方。这座二十世纪八十年代建成的大楼，和新鲜的槐花一起，形成了年代感很强的一幅画面。我在网络上看过一些路人视角拍摄的照片：画面里，大楼在白色的槐花的映衬下，古朴又现代，时光仿佛被槐花用香气拽了回去，又被镜头拉了回来。

槐花确实有让人回到过去的功效，至少将一把送到嘴里，那甘甜，那回味，能让人恍惚，以为还在童年。因为有童年在乡下摘槐花的经历，每次闻到槐花的香味，味蕾就会情不自禁地起作用。

这棵槐树太高，城市管理者不允许行人用竹竿敲打槐树以取得槐花，单位保安则会借着登高打扫门廊顶部卫生的空档，爬上梯子摘一些槐花,整棵树的一小部分花朵被他们分而食之，而大部分槐花只能在树上等待枯萎。也就是说，这棵树甚至整条街的槐树上的大部分槐花，青春期是在看得见摸不着的树梢完成的。

它们心有不甘，只有使劲释放芬芳，即便是你觉得有几日周遭异常馨香，估计也不会联想到是槐花在做最后的挣扎。挣扎之后，槐花就像被充满过气体又被放气的气球，蔫蔫的，纷纷落地。我没有黛玉葬花的情结，却也对槐花落这件事有着持久的观察和些许的怜悯。

风一吹，众多槐花集体告别槐树，头也不回地坠地，那场景是何其壮观。不过落地的槐花，已经因枯萎而失了颜色，所见之人，就自然少了几分怜惜之心。都说落红不是无情物，化作春泥更护花，槐花落地，除了能拍几张哀而不伤的艺术照片外，更多的是来自环卫工人的嫌弃，有些人眼里的浪漫，却是他们的负担。

其实，仔细观察那些散落一地的槐花，你会发现它那超乎想象的复杂结构：五片花瓣，就有三种不同形态，黄绿色的钟状花萼，先端浅裂；五片花瓣只有一片较大，且近圆形，先端微凹，其余四片则是长圆形。十枚雄蕊九个基部连合，花丝细长。雌蕊圆柱形，弯曲。如果遇到一整枝集合了花骨朵、完全体的花、花瓣脱尽的花蕊、变大的雌蕊、还在发育的稚嫩果荚，以及初具模样的幼果荚，那简直是植物孕育前半生集锦。

这一切都是我在百度信息的帮助下，端详过落地的槐花后的所得，可是，匆匆而过的人们，谁会注意这些呢？谁又会像我一样怜惜一棵作为装饰品的行道树呢？

在乡下，一棵槐树有着它完整的一生，群体性成长，然后成为家具，最不济也是一顿饭的燃料。在森林里，一棵槐树哪怕是孤老一生，最后轰然倒塌，化为枯木，身边也有族群相互陪伴，不至于孤独终老。而现在，它突兀地站在城市的街道边，以至于很多人在看到离开族群之后的它，竟然就想不起来它叫什么，开什么花，结什么果。

在城市里，有人管护的槐树，其实内心有自己的苦衷和孤独。和它一样的树几乎遍布每一个街道，在生命周期内，它们离开自然和族群，成为现代城市景观之一，它们从适应孤独开始，到对抗沥青路和水泥台阶的坚硬，再到认命接受现实，然后得道高僧一样面对街道，它懂得只有在缓慢的时间中将根系扎到最深，叶子小到适应了城市环岛效应，才能持久地活下来。

一棵坚硬的槐木，在城市的公共空间与私人空间的过渡带，就这样成了一个温和的智者。说来也巧，如果仔细看，你会发现，槐树挂在树梢的荚果，在种粒之间收缩，如同念珠一样。

站在路边的槐树，价值就不由自己决定了，而完全由城市的管理者说了算。它作为木的第一层属性，被保护起来，出现在森林或者荒野的一棵树，处于自然环境，时时要为突然的闪电和火花提心吊胆，而独立于城市街边的行道树，有严格的管理规定庇护，有高耸的避雷针罩着，除了怕车辆失控撞上自己，再没有别的后顾之忧。行道树有过惨痛的经历，完整的树皮总是被车辆剐蹭得体无完肤，不过和车辆的塑料外壳比起来，那点伤不算什么。其实，人不知道的是，在一场事故之后，树需要一个漫长的修复过程，才能让伤口愈合，而受伤的车辆，只要不撞报废，几天时间就能跟新的一样。

把一棵树和一个人拿来对比，是很有意思的事情，对比得多了，有时候你能从一棵槐树身上，看到自己和众生。

四

槐树惹事，是九月上旬的一天，时至傍晚。

我正在办公室闷头审核着当天的新闻稿件，被字里行间迟迟不降的房价，以及文明城市创建中出现的诸多文明和不文明的细节所纠缠，就听见一声闷响，紧接着是塑料和金属破碎的声音，以及短暂的哀嚎声和众人的唏嘘声。

我站起身，看见槐树下聚集了很多人。从一系列表现判断，应该是出了车祸。单位在一个十字路口，东西向的解放东街双向车道行驶，南北向的中山南街由北向南单行，两条路交会的地方，最容易出现车祸，而靠近交汇点的单位，时不时会遇到车辆剐蹭，或者撞了行人的事。

对于这条街来说，遇到车祸已经习以为常，可这一次似乎有些不一样。

一个穿黄色工装的外卖小哥，躺在树下，身边是头部被撞开花的摩托车，车屁股后的外卖餐箱严严实实，好在没有东西洒出来。围观者中，有人尝试查看外卖小哥的伤情，又怕生出麻烦，脚步比别的围观者更靠近外卖小哥一些，但是手却没有伸出去；有人在拨打120急救电话，声音盖过了大街上来来往往的车辆所发出的噪声。

我听得很清楚，他急切的语气中，说的是有人骑摩托车撞在了树上，从受伤者表情看，伤势不轻，你们赶紧来。看来这是一起单方交通事故，外卖小哥撞到了树。对，就是我们单位门口那棵长得像迎客松的槐树，它被撞了，而不是它撞了人。

也有可能是它主观上故意撞的，它远远地看着外卖小哥从十字路口闯红灯过来，速度不减不说，还不时看着固定在摩托车头上的手机，生怕时间从手机里溜走。

槐树怕他这样下去会出事，就用被他撞的方式撞倒了他，如此一来，虽然身体要受到伤害，摩托车会有损伤，但是至少他可以从这次撞击中，吸取经验教训，然后摩托车会开得慢一点。

在这条街上，槐树是最慢的生命，它慢慢抽芽，慢慢长出枝叶，慢慢开花，慢慢枯萎，慢得像是四季换背景的街边广告牌，只有园林局的人记得它该修剪该补充能量了。

除了它，这条街上所有的人和物都很快。汽车被规定以八十迈速度驶过去，司机恨不得开到一百八十迈，车经常是唰的一下就开过去，只留下尾气和轮子摩擦地面的噪声；公交车进站，有一种迟了会被人占领位置的感觉，你看从公交车上下来的人总是晕晕忽忽，而从站台上开走的公交车，身后也总有人追着喊：师傅，等等；行人也是匆匆忙忙，似乎慢下来之后，超市里的廉价鸡蛋就会被抢光一样。

有一次，我发现，连进城的骡子在这条街上都走得快了起来，它拉着一架子车的西瓜经过的时候，明显比在乡下要快很多，似乎它们知道走慢点，城市管理者就会追上来罚款似的。

槐树让外卖小哥停下来，可外卖小哥哪能停得下来啊。客户们总是要求按时送达，时间在他们眼里，就变成差评和好评、工资和绩效，甚至房价和养老金。他们把一分一秒的时间拆成一截又一截的路，几分钟走多少路，才算完成任务。他们是追着时间飞奔的人，和槐树的慢形成了偌大的差距。

交警和 120 赶来的时候，树下的人群里又添了几个人。他们原本是着急赶路的人，因为一棵树，慢了下来，槐树看着身下的这么多人，觉得这次撞击有意义，至少忙碌的人们慢了下来，停了下来。疼痛是围观者无法切身感受的，但是这不影响他们配合事故的各种表现，你看，他们一会咧嘴，一会叹息，似乎这事故和疼痛，都是自己亲身经历的一样。这时候你会觉得，即便是假的同情，也显得很珍贵，至少从氛围上，营造出来了悲伤感。

事故判定结果很明显：外卖小哥单方面原因，槐树的受损面积不大，不用赔偿树；树下只有少量的残片，地没有问题，也不用赔偿公共设施；受伤者的损失自己承担，包括疼痛和治疗费用。120 在现场勘验了外卖小哥的身体以后，给出撞击力度不强未造成骨折和皮肤破裂的结论，以及两个选择：跟救护车去医院进一步检查，或者随后自行去医院检查。

外卖小哥用行动选择了后者，他站起身，看着树，看着地上的摩托车和碎片，看着围观的人群，脸上表情复杂，不知道是觉得倒霉，还是为外卖没有及时送达而懊悔，或者因为被围观而尴尬。他一直没有口头回复急救医生，急救医生就得不到肯定回答，继续做着解释：表面没有出血口，但不意味着没有受伤。这跟树一样，通过树皮的损伤是看不出内里的疾病的。此刻，这个被树拦下来的外卖小哥，和树有了多重关联，其实，如果仔细观察，他们之间的相似性还挺多：比如皮肤皴裂，你在他的脸上和手上，能看到被风吹出来的细小裂纹；再比如，他们在这城市做着相似的事情，就是把根扎得再深一些。

交警和 120 先后离开了，外卖小哥并没有跟他们走，他扶起破损的摩托车，颤抖着打火，突突突……昏黄的街灯亮起，外卖小哥被照亮，他单腿跨上摩托车，坐在车上休息了一会才启动离开。远去的摩托车并不是很稳当，和风吹过槐树枝一样摇摇晃晃。

摩托车走远了，我看着树，树看着我，我们都被夜晚的光亮吞没。

五

城市的故事，在别处行进着，而解放东街的故事，在槐树上和槐树下也按照自己的规律进行着。时间的年轮悄悄在槐树的内部做着记号，一年的时间转眼到了九月底，槐树的叶子收缩，开始凋落，日子显得暗淡又无趣。

这时候，我接到了去北京鲁迅文学院学习的通知。这就意味着，我接下来将有三个月的时间不在银川，辛丑年冬天，也就无法近距离观察这棵槐树了。

虽然我的观察并没有什么规律，也谈不上有考证意义，可说起来很奇怪，在对单位门口的这棵槐树进行了大半年的观察之后，心里竟然生出了依赖。你说不清楚它是作为一个生活中不可或缺的一部分存在，还是作为灵魂的寄托存在，就觉得已经离不开这棵树一样，至少习惯上已经离不开。

在即将离开的日子，我增加了观察频次，每天还会将槐树早晨、中午、下午和傍晚等不同时段的样子拍下来，有时候是延时视频拍摄，拍下它岿然不动而天空中风流云动的场面。此举引得同事笑话我着魔了，我也觉得自己魔怔了，可我不能承认，因为在他们眼里，对一棵树有了依赖是一件不可思议的事情，他们会以为我是不是哪里出了什么问题，我只好说无聊，就拍拍树，没有别的意思。是啊，持久的观察也仅仅是观察，没有别的意思，更何况拍一棵树。

细细想来，这种依赖的感觉，跟刚进城那会疯狂地想念乡下一样。我在这座城市生活的时间已经超过在乡下生活的时间，城市生活片段明显地占据了乡下生活片段，甚至连做梦，都是在城市间穿梭，而不再是回到田野和村庄。虽然有浓烈的乡土情结，但我不得不承认已经喜欢上这座城市。

可是，和我生活过的小乡村比起来，这座城市太过庞大，需要记住的内容太多，以至于最后什么也记不住，毕竟脑袋的内存有限。我在想，从记住一棵槐树开始，或许就能记住一座城市。一棵树，把硕大的部分露在外面，方便观察这座城市的地面以上；而庞大的根系，则深深扎进泥土，便于感受这座城市的地面以下。这一上一下加起来，就能获得一个完整的城市观察感受。如此，一棵树岂不是最好的城市观察者？换言之，想一棵槐树，就是想整座城市，槐树作为城市的切口，一旦被划开，每一条街道、每一座楼宇、每一个行走在城市里的人，甚至大地之下的每一个细节，都会一一涌现。

这时候就觉得观察有意义了，而大半年的观察，让我熟练地掌握了槐树在春、夏、秋三个季节的表现，现在，只剩下冬天，我就能掌握一棵树一年四季的状态，随后再通过它，就能记住一座城市的一年四季。

冬天的槐树，我只能通过视频和照片的方式观察。第一次视频，同事从我的办公室的角度拍了视频，虽然调整了焦距，视频的画质却无法让我看清槐树在初冬的样子。我索性让另一个摄影记者用高倍照相机拍了一张高清照片。画面上，干瘦的槐树上，一层未落的叶子在风中摇曳着，看上去好冷的样子。

北京迎来冬天的第一场雪的那天，鲁迅文学院里的白玉兰、柿子树以及我叫不上名字的各种树，在雪中显得飘飘欲仙，看着它们，我想起了单位门口的槐树，如果此刻银川也在落雪，那么它会是一幅什么光景？

于是，我急切地给同事发去视频请求，想看看它身上落了雪，和北京的树身上落了雪是不是一样。视频接通的一瞬间，我失落了，银川晴，天空湛蓝，单位门口的槐树显得更加清瘦。不过不必担忧，在西北，每一棵树都是这样度过漫长冬季的。

一个暂居北京的人，想着一棵长在银川的槐树，这事说起来似乎有些无法理解，可这确实是真的。你会像想一个人一样，想它此刻处于一种什么样的状态，有没有麻雀再在它身上做巢，离开的那只麻雀是否回来过；或者想喜鹊是不是又在上面叽叽喳喳骂个不停，树下的长廊里那个拉二胡的人，是否已经学会了《二泉映月》；有时候也担心再有外卖小哥撞在树上，或者别的什么车撞到树上……

这期间，我留意过圆明园的槐树，抚摸过地坛的槐树，拍摄过北京胡同里的槐树，也长时间地观察过鲁迅文学院院子里的槐树，它们的树枝像河流一样，朝天空流淌着，我盯着它们，风吹来树枝摆动，河流就动起来了。我心想，解放东街143号门口的那棵槐树上的河流，和我见到的北京这些槐树上的河流，最后会不会汇集到一起？这个答案，或许只有槐树、飞鸟和天空知道。

而我只知道朋友圈里银川终于落下了辛丑年冬天的第一场雪，有同事站在楼上拍了一张街道上的场景，我下载了它，将其放大，看到了单位门口那棵槐树落雪的样子。果然没让人失望，白色的雪花盖头一样把光秃秃的枝丫遮住，不怎么厚的雪花一层一层堆积，像槐树又开了一次花，这一次不担心凋落。

后来我继续查阅过一些和槐树有关的专业知识，其中，我提取到一个有意思的信息：作为行道树，槐树的艺术配置里，有丰富感、平衡感、稳定感、严肃与轻快感、强调、缓解以及韵味这些意象。在想见而不得的日子里，我就开始琢磨这些词，突然发现，解放东街143号门口这棵槐树，如果代入这个公式验证的话，你会觉得它都具备这些元素：它的出现，丰富了街道的单调，也丰富了我的内心世界；它分成两半的树杈，保持着整棵树的平衡，也让一条街有了平衡感；一棵粗壮的槐树，站在路边，你先想到的肯定是稳定，它不用担心吃了上顿没有下顿，也不操心物价、房价和医保；严肃和轻快感就要动用一下想象力了，你看它一直铁青着脸，那不是严肃是什么，而当一只喜鹊在它身上聒噪时，你又觉得轻松有趣；面对一棵槐树，我想强调的是，你想读出它身上的强调感，可能有些费劲，我至今还没发现任何端倪；至于韵味，就不用我多说什么了吧，春夏秋冬四季有四季的韵味，一天二十四小时有二十四小时的韵味，只需要靠近，就能感受。

我急切地想靠近，急切地想感受。从北京回到银川，已经是新的一年的一月下旬，飞机在河东机场降落的时候，我就做好了要先去单位的决定。妻子来接机，我说先去单位拿攒了三个月的快递，其实是去看那棵槐树。

到了单位，我并不急着去收发室，而是绕着槐树转了一圈。它别来无恙，只是树身上缠绕了为春节准备的彩灯，干枯的树梢之间，还挂上了小型的红灯笼，夜里的时候，它们会将整棵树点亮。虽然看着突兀，你觉得这一切竟也没什么违和感，这么多年，这棵槐树一直配合着这座城市的气质，不断被打扮，不断被修剪，不断被需要，这都是它的宿命。

现在，它的宿命之外加了一条，就是观察我。它看着一座楼里的那个动不动思想抛锚的人，看他在一堆新闻稿件里寻找有用的线索，在一堆错别字中寻找自己的价值，在一堆琐事中抽身，在一堆需要面对的问题里折腾……它一言不发，它就这么看着我，并不在意我是否能感知。

其实，在槐树面前，我的存在，已经不重要了，重要的是，一个人和一棵树达成了某种默契。站在一棵树下，安宁很快就会占据我的内心，并填满它。妻见我围着一棵树看来看去，有些不解，开始催促。我站在街道边看槐树，槐树也在看我。我在心里默念，嘿，老朋友，好久不见！它应该也在心里默念：好久不见。某一刻，我单方面促成一个人和一棵树达成了某种默契。而真正的事实是：在长久的对视中，一棵槐树帮我确定了爱这座城市的决心，而我也更加笃定，从观察一棵树开始观察这座城市是对的！

蜗 牛

蜗 牛

发现小区有蜗牛的过程有些残忍。我正低头走着，脚下黏黏的，有某种东西被踩破的声音。我刚走过的地方，一只蜗牛已经变成了一片黑乎乎的东西，没了形。

我这才注意到，小区里这条唯一的小路上，有很多已经没了形的蜗牛，像皮肤上的疮。这些蜗牛，是从绿化带里爬出来的，要到四米宽的路对面去，那里也有一条绿化带，草木和另一端并无二致，我不知道蜗牛为何要前赴后继冒着生命危险到对面去，这对我来说是一个谜。

更大的谜来自蜗牛的来历。小区所在的地方原本是一座村庄，挖掘机将土地掘开一个大坑，把土和土之上的草木都转移到别处。几个月之后，土坑被钢筋和水泥灌满，一座小区就被种在了土里。

为了让小区看上去像是真的种在土里的，工人们从别处转移来土和草木。土和家里花盆里的一样，有些发虚，水倒下去，很快就渗了下去，远远看，有一个很明显的坑。草木病恹恹的，每周都需要浇水维持生命，还要输液。

蜗牛出现在这些整齐的、浅浅的草木里，我一直怀疑它们是这块土地上的原住民，但是原本的土已经被转移，而深处的土被钢筋水泥包得严严实实。它们是怎么出现在这里的？新培植的覆土还来不及让蜗牛繁殖。而大批量的蜗牛出现在这里，只有一种可能：迁徙。

被踩扁的蜗牛来不及和它的伙伴告别，也来不及给自己留一具像样的尸体。它们螺旋状的壳，没能抵得住从天而降的鞋子，咔嚓一声之后，壳和触角混合，造物主耐心创造的斑纹和壳，成了一堆肮脏的秽物。

住进这个小区之后，我做得最持久的事，就是观察草丛里的那些蜗牛，以及那个带着三个孩子的女人。

有一天，我正趴在草丛里观察一只蜗牛的移动轨迹，三个孩子就围了过来。两个女孩子一个男孩子，学我半蹲在草丛里，看蜗牛在叶片上蠕动。他们中最小的一个，还毫无征兆地伸出脚，把那只蜗牛踩进了土里，然后用布鞋的鞋尖使劲蹭了几次。

草地上就只剩一个坑，没有了蜗牛。我被这孩子的举动吓了一跳，不过并没有表现出任何的不快来。一只蜗牛的死活，跟我有什么关系呢？我离开草丛坐到不远处的木凳上，这才发现，不远处，有一个女人正死死盯着三个孩子。

有意思的是，女人和孩子离开的时候，队列整齐，女人走在前边，身后依次是大女儿、小女儿和儿子。四个人从大到小一字排开，你如果适当联想一下，就会觉得他们像一只大大的蜗牛。

在这个小区里，蜗牛顶着壳，慢悠悠蠕动。那个女人身后跟着的三个孩子，也是慢悠悠的。时间一长，我有了将这两者用一种只有自己才理解的方式联系起来的想法。

我一直琢磨，女人和蜗牛之间，是不是有一种恰当的又不会被轻易发现的共性，但是很显然，暂时还没有答案。

路

最开始，蜗牛躲在草丛里，用几乎占用了整个身子的足蠕动着。遇到草，就爬到草叶上，遇到树，就从树干上绕一圈，走到哪，哪里就有它们的路。

我曾经观察过它们从草丛里爬到墙面上的过程，似乎它们并不知道自己要往哪里去，只是爬，使劲向前，遇到阻力先是缩进壳里，避不过去就成了一摊泥，避过去就继续朝前爬。两只眼睛就可以平衡动物的视角，蜗牛却有四只。

有一种说法，肉食动物的眼睛在头的前方，而食草动物的眼睛则通常在头的两侧。造物主如此的安排，有一个合理的解释：前者能同时观察到同一事物，及时得到立体图像，以精确定位猎物的方位、速度、距离，而后者则无法同时观察非正前方的东西，在开阔的视野里双眼的好处是早早发现危险，并迅速选好逃跑路线。

很明显，这样的安排对蜗牛来说是不公平的。后来我才知道，蜗牛长在四个触角上的四只眼睛，根本看不到眼前的世界，它们并不高级，对外界没有成像，只靠感受外界的明暗变化来判断是否将自己藏进小小的窝里。造化弄人，即便是有四只眼睛，也看不到眼前究竟是一条坦途，还是一条不归路。

那个女人不止一次跟小区里的人说起自己家的事，这和其他的住户有些不一样。自打住进这个小区以来，我就没见过除她之外的第二个人说起自己家的任何事情。大家对自己的秘密都守口如瓶，生怕别人发现任何蛛丝马迹。

虽然门对门，有时候，你都猜不透邻居家里共住着几个人，他们之间又存在着什么样的关系。在小区里，只有这个女人，喋喋不休事无巨细地说着，好像她家的事情被说的次数越多她家的生活就会越好一样。

很多次，她给不同的人用同一种语气说着自己家的事。四个大人三个孩子，原本在安徽农村，种庄稼没啥盼头就举家到了银川。一家七口算是这小区人口最多的住户了，别人都一家三口，他们一家开饭小一点的餐桌还坐不下，每天的花销可想而知。

她会说，平日里三个孩子由她负责，挣钱的事情归老公和公婆。

她会说，今年啥都不好干，房子卖不出去，就没人搞装修，没人装修就没人用她老公的货。女人继续说，我老公开三轮车到处找沙子，以前生意好的时候，一天卖出去好几车，现在几天也卖不出去一车。

这个女人刚开始说房子和装修的事时，我以为这是在为自己老公的赚钱行当作铺垫，没想到最后她要说的重点竟然是沙子。她说，她老公是个挖沙子的，每天都很辛苦。

再往下说的时候，我就已经听不下去了，脑子里出现男人在河滩里挖沙子的场景——他的铁锹将河道挖出一条沟来，这沟的深浅是我所无法准确描述的，不过可以肯定的是，这条沟和蜗牛爬过之后留在地上的痕迹很像。

蜗牛从草丛里爬出来，蠕动过后，地面上像是被犁过一样，身后拖一条长长的浅浅的沟，蜗牛走到哪里，沟就跟到哪里。而这个女人的男人走到哪里，铁锹就将沟留在哪里。

壳

蜗牛每天似乎只干一件事情：爬。

它们能克服土地上和草丛里的一切困难，一往直前，但每一次的蠕动，都伴随着危险。任何比蜗牛壳坚硬的东西，都可能随时会在它正缓慢前进的时候悄无声息地压向它。

蜗牛被踩扁的一瞬间，那声闷闷的响声就成了它们留给世界最后的声音。这多少有点不人道。蜗牛天生无语，躲在阴暗的草丛里，悄悄地交配、繁殖、成长、迁徙，安静得一切都像是从来没有发生过一样，可偏偏，要以这种方式结束生命，一声闷响，一切就结束了。

我突然冒出一个荒唐的想法，如果造物主给蜗牛的是一双或者两双可以利索地奔跑的腿，而不是一个看上去坚不可摧但是一点抵御能力都没有的壳，这样的悲剧是不是就可以避免？

从一开始，蜗牛背着债一样的，比身体大好几倍的壳。遇到危险，以为壳可以庇护它，缩进去之后，却再也伸不出来了。为了证明自己为保护蜗牛做出的努力，即使被踩扁，壳也翘起小小的角来。

不过，一切都于事无补，那些污物中小小的尖尖的碎片，换不来任何的怜悯。

小区里每家大多只有一个孩子，你别看家长们嘴上不说，心里有多羡慕这个女人，一眼就能看清楚，每次这一家四口出现的时候，大家就会目送这只大大的蜗牛。

就像我，每次都想着，自己要是那三个孩子的父亲该有多好。多子让人心安，虽然有时候多可能也是一种灾难，但是这女人终归是有这么多孩子，而我却没有。这个意义上，羡慕就显得合理。

羡慕归羡慕，有一次我在楼下坐着，碰到女人和那三个孩子，顺嘴说羡慕她有一窝娃的时候，这个女人却回了句，孩子多了是负担。壳是蜗牛的负担，孩子是这女人的负担。好像不说出来负担会越来越重，于是她就坐下来，给我说她的负担。

她说，生老大的时候，男人身体好，生意也好，一心盼着生儿子的他，每天能拿几百块钱回家。那时候，两个老人也不用出门，专门伺候儿媳妇。那应该是最美好的一段时光，因为说这话的时候，女人脸上是有光的。不过，怀老二的时候，男人就大不如以前了，每天回来闷头就睡，脾气还不好，经常喝得醉醺醺的。

最让女人受不了的是，他很少亲近女儿，还说，生不出儿子就离婚。说到这段的时候，女人脸上的光并没有持续多久。这个变化，或许连她自己都没觉察到。

老二又是女儿，出生那天，男人把自己放倒了。她说，几十块钱的白酒一瓶一瓶喝，不醉才怪。这话里，我听到的除了对男人的怜悯外，还有对酒钱的惋惜。

男人的活越来越不好干，河滩里立起了禁止采砂的牌子，白天不敢去挖河滩，他就晚上去。昼伏夜出的男人，突然就对生活有了信心，每天挖沙回来，还要在女人的肚皮上一顿乱挖。

我们住的这个小区开工后，男人承包了工程所需的所有砂石料。他每天从小区到河湾，再从河湾到小区忙乎个不停。没多久，小区建成了，女人的肚子也像蜗牛的壳一样，又鼓了起来。工地完工，男人的好几十万工钱却一分没结。去讨，开发商就给了他一套房子，一家人就稀里糊涂成了小区里的住户。房子交钥匙的时候，儿子出生。

七口人饿了，一张开嘴，就能把生活啃一个大窟窿。一家人吃饭要花钱，儿子吃奶粉要花钱，女儿上幼儿园要花钱，小区一平方米两块钱的物业费要花钱……需要花钱的项目，女人扳着手指头一样一样给大家说。

她跟我说这些的时候，我正好盯着墙上的一只蜗牛。我一会儿看看她，一会儿看看墙上。准确地说，那是一只已经风干了的壳，它粘在墙面上，像一枚图钉，死死钉在墙里，一动不动。

轨　迹

我敢说，蜗牛是小区里起得最早的"住户"，这一点我是从它们的爬行速度和距离做出的判断。早上八点，人们才陆续出门，它们已经从路这边的草丛爬到了路中间。

照它们惯常的速度来计算，这段路程它们从大半夜就开始爬了。

它们爬过一株一株的草、一寸一寸的土，爬过水泥低墙。

这时候，小区里的人们开始走动，于是，一场接着一场的悲剧发生了。

躲过车轮和鞋底的蜗牛，开始从那边的草丛向这边转移。在太阳落山之前，少量的蜗牛有机会回到出发地，而大部分不是被调皮的孩子抓走，就是成了水泥地的一块疤。

因为造物主的疏忽，不管朝着哪个方向爬，对于这些蜗牛来说，结局都是一样的。

从那次聊完之后，我就开始有意无意地关注这一家人。结果发现了一些他们的小秘密。或许这就不叫秘密，不过很明显，他们一家人做一些事情的时候，会有意躲着。

比如，一般情况下，女人和三个孩子出门时，小区里大多数人要么在睡梦里，要么在厨房里。总之，小区里人多的时候，他们一般会跟平常没什么两样。

有一次我早上提前出门，天还没彻底亮透，就在楼下碰到了他们。女人趴在那只绿色的垃圾桶上，半个身子斜着，双手在桶里翻拣着，三个孩子把她扔到地上的空瓶子踩扁，往塑料袋里塞。

我开单元门的声音让他们的动作短暂终止。我的出现对他们有所惊扰，女人迅速站直，与垃圾桶之间保持一定的距离。我已经走到他们跟前了，这时候转身，或者装作没看见已经不太可能，只好硬着头皮走。

她有些慌张，不过还是先说了句话："这么早上班？孩子一到这个点就要出来……"话还没说完，她就一把抱起儿子，小孩手里的袋子张着口，塑料瓶子掉了一地。

其实，就这么一瞬间，我比她更慌张，不过我的慌张只有孩子手里的塑料袋知道，短短几秒钟，我无处安放的眼神就来回扫过它们好几遍。我再次回忆起这一幕的时候，突然对她说的那句话产生了兴趣，"这么早上班"和"孩子一到这个点就要出来"之间，究竟有什么关系呢？

我以为只有我知道这个秘密，没想到小区里的很多人都知道女人的这个习惯。他们每天都会在小区里基本上没人的时间段把小区里的垃圾桶翻一遍，拣出空瓶子和一些还能用的旧玩具。

只有女人和她的三个孩子知道，小区里的垃圾箱里那些空瓶子每个月能换来多少钱。这个习惯就像一只蜗牛的迁徙一样静悄悄地进行着，垃圾箱是否被翻动过，对其他人来说并不重要，但是对我而言，就像内心被翻动过一样，每次经过垃圾桶的时候，竟然会想起那四个人忙碌的样子。

敏　感

在土地上爬，身后是一条浅浅的沟，在水泥地上爬它们身后是一条长长的水渍。或许这样的描述并不准确，但我知道，爬行对于蜗牛来说是一件危险的事情。

蜗牛紧贴着地面的足，对世界有着天生的依赖，它们一旦离开土地和草木，面对的结果也可想而知。它们借助表面的一层黏液运动和辅助呼吸，一旦黏液被消耗殆尽，蜗牛就会脱水而枯萎。一只蜗牛的一生，就以身后的一串省略号为结尾。

用到"枯萎"这个词的时候，我突然想起花朵来。蜗牛的一生，其实和一朵花很像，它们移动或站立在这个世界上，按照自己的规律生，却没办法按自己的规律活着，随时都有可能夭折。不过，花朵和蜗牛又有区别，蜗牛没有机会享受花朵一样的赞誉，甚至有可能活完一生，都不曾被人关注。

因为这个，蜗牛才生性敏感，拒绝和一切打交道，甚至用在常人看来残忍的方式交配、进食、死亡。它们钻进腐土产卵，小蜗牛出生就被抛弃，只能自己掌握爬行和取食的能力；遇到危险，蜗牛只有将头和足缩回壳内，用分泌的黏液封住壳口，但是这一切在危险来临之后都毫无意义；两只蜗牛的壳轻轻相撞，就两败俱伤，外壳受损的它们，又能自行分泌物质修复肉体和外壳，这多少有点不可思议，但是在坚硬物面前，徒劳而又伤感。

表面上看，蜗牛的所有特性看起来很合理、奇特，但同时又很矛盾，敏感的小蜗牛，受到造物主精心的安排，但是生命却极易被夺走，有强大的忍耐性又抵不过任何压力。

很多次，我在小区的水泥路面和墙上，看到已经枯萎了的蜗牛，只剩下一个壳，它从哪里来到哪里去，没有人能说得清楚，也没有人去关心。我猜测，它们是死于黏液流失，也就是说，即便躲过了鞋底、躲过了车轮，蜗牛终究躲不过被风干的宿命。

夏天的早上和傍晚，小区里孩子最多。这两个时间段，适合纳凉，孩子们玩孩子们的，大人们要么凑在一起跳广场舞，要么各自抱着手机刷朋友圈。小区和所有家庭一样，老年人一直想着用什么方式延年益寿，而成年人，则一头栽进网络里无法自拔。小区也和这座城市一样，虽然信息畅通，途径多样，却缺乏有效的沟通和交流。

孩子一旦从楼上下来，大人们也就管不住了。他们有属于自己的玩具，有属于自己的思维空间，有属于自己的娱乐方式，大人们只需要将适用于不同年龄段的玩具带到小区里即可。

小一点的孩子玩学步车一类的扭扭车，大一点的则骑着自行车或者滑着轮滑。有玩具的孩子们似乎有用不完的劲，而这个女人的三个孩子，每次两手空空下来之后，就很自然地站在一边观望。

我没见过他们拥有任何玩具，不过他们有不用任何道具就可以取乐的游戏。他们把这个游戏叫捞鱼，两个女儿手拉手面对面站着，组成一张网，嘴里喊着"一网不捞鱼，二网不捞鱼，三网捞大鱼……"女人和儿子从网下钻，正好钻到三网的时候，被抓住，一家四口就哈哈笑起来，不过，声音很快其他被熊孩子的笑声和呐喊掩盖。

这个游戏也有玩腻的时候，三个孩子从自己的游戏中撤出来，看见没有人玩的扭扭车就迅速跨上去，两条腿使劲向后蹬，没走几步，就被主人发现了，这时候女人会一把将孩子从玩具车上拽下来，一切就像是什么也没发生过一样。

三个孩子也会自然地混进其他孩子的阵营里，女人凑过去守着。孩子多了难免有撕扯，女人的儿子在撕扯中被推倒，女人拨开一堆孩子，将他抱起来，转身对着那个推他的孩子就是一顿骂。这时候，对方家长往往会抱走自家的孩子，暗暗安顿几句。

时间一长，女人和三个孩子就显得有些孤单了。人群就像随时可能落下来的鞋子，踩下来就会踩破蜗牛的壳。三个孩子敏感、独立，躲在人群外。有孩子靠近，双方家长就谨慎而又迅速地将其分开，像两个国家，互不来往，又得时刻提防着战争的爆发。

冬　眠

一般而言，入夏之后，蜗牛才开始活跃。北方的夏天，说是酷热，也会有几日是在雨水中度过的。因此，夏天并没有想象中的那样萎靡，相反，雨水之下草木显得葱郁，蜗牛就躲在雨中的草丛里繁殖生息，等着放晴后的那一次迁徙。

我一直好奇，是不是阴雨天气打乱了蜗牛的节奏，要不然怕水的蜗牛怎么在雨天也会出来。其实，我一直就没闹明白蜗牛的规律，估计它自己也说不清到底什么时候出行，什么时候返回。比如，一大早，天阴着，它穿过草丛来到水泥地上，还没有爬到一半，天就下雨或者突然放晴了，不管雨水还是强烈的阳光，对于蜗牛来说都是致命的，前者会让它窒息，后者则会将它晒干。

入秋之后，北方的雨水就明显少了，太阳也不像以前那么毒辣，草木开始收紧，在漫长的冬季到来之前，蜗牛为冬眠做着准备。几乎是同一天，小区里所有的蜗牛都不见了，路上墙面上只留下一些永远都回不去的壳，和一朵一朵开败的花，每次经过小区里那条唯一的小路，感觉满眼萧条。

蜗牛一下子全没了，我持续了很久的观察也即将戛然而止。我怀疑那些蜗牛是一夜之间潜入腐殖土之中的，翻过草丛，松过土层，也没看到一只活着的蜗牛，我只好认命。

女人是在十月份的时候像蜗牛一样消失的，连同她的三个孩子。我问物业才知道，每年入冬，男人的沙子生意都不好做，而过冬烧暖气等又要一大笔钱，一家人通常都回南方过冬。回南方过冬确实是一个省钱的好方法，这个答案具体，不像蜗牛，究竟去了哪里到最后也没留下一句话。

刚到十一月，一场雪就落下来了。看着雪花把小区空空的院子填满的时候，我突然想到一个场景：在南方的某个村庄里，女人带着三个孩子，像蜗牛一样出现在人最多的地方，这个时候，他们不用躲在人群里，也不用翻垃圾桶，孩子们回老家前买的新衣服和玩具，引得村庄里的孩子艳羡不已。他们用带着北方口音的普通话教别的孩子玩捞鱼游戏，女人则说着高档小区物业费一平方米两元贵得要死的话……

她说话的时候，脸上的光，一定能融化这座城市提前降下来的雪花。

城　市

坚硬如纸

我们五个人在一条路上走着走着，他们四个突然向我扑过来，我的四肢就被人死死地扯着，他们打夯一般，把我抬起来，随着一声"一二三"又扔下来，来回几次，身下的土就扬了起来。放我下来！我大声喊着，不过声音被那些人的叫喊压得死死的，我只能任由他们抬起来扔下去。我想着，一切总会有个结束的时候，恶作剧就真的突然结束了。他们把我抬起来，有一双手突然松开，其他的三双手紧接着也松开了，我就被抛过头顶，然后扑通一声落在路上。

头落在地上之后，我感觉整个世界在旋转，眼前一片漆黑，耳朵里有突然断电的音响，处于寂静之中；胳膊和腿也好像不是自己的，我想伸手去抓东西，却抬不起来。这种感受，后来我在读《鲁提辖拳打镇关西》时，看到"扑的只一拳，正打在鼻子上，打得鲜血迸流，鼻子歪在半边，却便是开了个油酱铺，咸的、酸的、辣的一发都滚出来"才明白过来，虽然当时我没有被打得眼棱开裂、乌珠迸出，脑袋里却"也似开了个彩帛铺，红的、黑的、紫的"都在晃动。

从此，我带着一个病了的脑袋在村庄里晃荡，我不去干那些让人腰酸背疼的农活，背个背篓赶一头牛在沟里放，我每天的任务是让牛的肚子吃得鼓鼓的，同时捡一背篓牛粪，这两件事太过简单，我有大量的时间干别的事。比如抓一只青蛙，把一根芦苇塞进它的屁股，然后吹气；再比如，挖几条小水道把河里的水引到草丛里，脱光衣服练习狗刨。总之，我干一些别人不干的事，走一些别人不走的路。

说起路，你应该见过山洼里那一条条歪歪扭扭的路吧。那些路，别看弯曲、狭窄，它们可是村庄里最坚硬的所在，一块空地一个人走过去，路上只有两个脚印，一群人走过去，空地里就留下一堆脚印，走的人多了空地上就有一条路，指引人来来去去。我得感谢这些路，它摔过我的头，又给我指出了出路。村庄里向东的那条路去镇上，路宽，走的人也多；向南的那条去县城，路窄，因为能去县城的人并不多。我朝东走了几年，朝南去了县城。离开的那一天，家里放了鞭炮，我踩着鞭炮炸起的尘土，从南边的小路上一路头都不回地走，这硬硬的土路算是走到了尽头。

县城里的路并没有想象中的那么好走，我从中巴上下来，有些不敢迈开步子，路面干净得没有一点尘土，我走惯了土路的布鞋踩下去轻飘飘的，一点都不踏实。后来才发现，这柏油铺成的马路很健忘，它不留任何人的脚印，也就不会记住任何一个人，每个人的来来回回在它身上都没有意义，它既不同情谁，也不向谁献媚。有一年，我和城里的姑娘恋爱，表白的那天她在自行车后座上抱住我，我兴奋得想向全世界宣告这个好消息，以至于得意忘形，摔倒在路上，我那么幸福，这马路却一点也不替我感到高兴，让我狼狈地收起幸福。从此，我走起路来小心翼翼。

县城的路让人心生敬畏，不敢贪恋，几年之后，我告别县城到省城的一所大学寻找未来。在这围墙大得像县城的学校，有花团锦簇的土路，也有五颜六色的橡胶跑道，当然，柏油路四通八达，让你怎么也绕不出它。我忽略这些路的柔软和坚硬，一遍一遍穿梭其中，就想着能从中找出一条属于自己的路来。原以为四年大学上完就能顺利落户这座城市，然后买房结婚生子过一辈子，但是办理完离校手续之后，我就成了这座城市无处可去的人。我从围墙里被放出来，成了六月天滚烫的柏油路上一个落魄的人，现在，最紧迫的是在一栋又一栋的楼房里找一个睡觉的地方，再找一份安身立命的工作。

个偶然机会，我到本市一家报社做了实习生，随后就顺理成章成了一名新闻记者。这一句看似简单的过渡，其实留着一段让我永生难忘的经历，它让我发现，这城市里不光路坚硬，楼房坚硬，人也铁石心肠。推荐我的人把我带到社长办公室，正好遇到开会，人家给办公室工作人员做了交代之后忙去了，我站在楼道里等那个关系我前途命运的人。不断有人从社长办公室出来又进去，我觉得时机成熟了，可是那个办公室工作人员就是不让我进。我一个下午就站在黑乎乎的楼道里，我把这些年站过的楼道数了个遍，又把这些年受过的委屈数了一遍，甚至把这些年走过的路都怀疑了一遍，最后发现，这条不长的楼道让我有了最深刻的委屈。好在后面的事进展顺利，后来，我得知办公室那个工作人员那天之所以不让我见社长，她见我一身土气，以为是来找社长爆料的。我承认我走惯了土路的双脚至今不习惯走柏油马路，呼吸惯了土腥味的鼻子也一直受不了汽车尾气和路面受热散发出来的柏油味，我无力回击她的冰冷，只有努力适应这城市坚硬的规则。

记者这个听上去挺不错的职业，很快就让我对这座城市有了另一种理解，这里每一条路都可以走向你想去的地方，但是你必须按照指示牌、交规、指引、导线行驶，一旦出错就会为此付出代价。这里每一座建筑都可以让你获得想要的东西，宾馆、餐厅、超市、行政单位、公安局……每一个所在都可能和你发生关系，也可以没有任何关系。关系这东西看不见摸不着，一旦某个环节出了问题，你就得花费大量精力去适应修补甚至对抗。新闻就是把这座城市看得见看不见的关系以及因此而产生的变化呈现出来。这听起来也挺不错的，你是一个记者，你就是这座城市的深度窥视者，很多事情从你笔下延伸到读者眼中，经历什么样的过程就有什么样的收获，有人收获感动，有人收获利益，你却偏偏喜欢盯着坚硬的东西，比如说关注讨薪。

有城市的地方，必定有工地；有城市有工地的地方，必定有到了年底拿不到工资的农民工；有城市有工地有拿不到工资的农民工的地方，讨薪就是新闻。这一次的讨法和拉着横幅守在政府门口或者堵住交通要道比起来，还是有些不一样。一个农民工在上班的时间没有出现在工地，而是像蜘蛛一样爬上那个区域最高的铁塔，他想用这种把自己挂起来的方法逼迫包工头付清欠他的工钱。不一会铁塔下就围了一圈人，他们像网一样密密麻麻，等着看这个把自己挂起来的人究竟会干出什么样的事来。网被一条警戒线挡着，警戒线以内几个消防队员忙着找可能的落点，正方形的皮囊慢慢膨胀，臃肿而无力。有警灯闪烁，一个微胖的警察用喊话器对着空中说着话。我没办法挤进人群了，围观者的背阴森森的，让人觉得冷。我抬头，看见早上的太阳刚好顶在铁塔之上，那个把自己挂起来的人只有一个黑色的阴影。铁塔在柔光之下，也阴森森的，坚硬无比。

比铁塔和楼顶的水泥坚硬的，是脚下围观者的目光和尖叫。它们像箭一样，齐刷刷射向那个趴在塔上的人。所有的目光向上，所有的声音向上，他看见有人还拿着望远镜，额头就冒出了细细的汗珠。很多人都盼着他能纵身跳下，似乎只有看到一场悲剧之后，一切都才显得圆满。太阳斜了些，我才看清铁塔之上是一个较瘦的中年人，喊话器里重复的内容已经对他没有任何压力，这时候他应该更怕围观者所发出来的声音。他知道围观者想要的结果，可偏偏不给那些人机会，他不往下看，不去想望远镜里到底能看到啥，不去听那喊声里夹杂着哪些信息。所有的一切都被他屏蔽掉，这时候注意力全部落在了自己身上，僵硬的双腿已经不再抖动，紧紧贴着塔面，手的姿势基本上没变过，也似乎变不回来了，就像两个钩子一样勾着。

对于整件事的过程，我的描述详细到了每一个细节。当时的气温、围观群众、塔的高度、讨薪原因、警方和消防采取的措施、事件经过和结果，每一个细节和另一个细节遥相呼应，又相互佐证。我之所以这样做，无非是让民工爬上铁塔的做法显得不那么荒唐，并且企图用温情的叙述给讨薪这事一点有用的帮助。可是，第二天，墨香还没散尽的报纸上却只留下以下内容：昨天下午，一名男子突然攀爬到了一座居民楼附近的电力铁塔上。民警和消防人员接报后快速赶来，得知此人是因讨要拖欠工资遇难题才一时想不开，民警立即多方联系并劝说该男子，最终劝他爬下铁塔。记者闻讯赶到现场时，居民楼北侧约十米处的电力铁塔高三十米左右，这名男子站在塔顶，时而斜靠在铁架上，令塔下过往群众心惊。消防人员在进出的通道和人行便道上设置了警戒线，民警和男子的工友不时在下面呼喊，劝说此人下来，但他很少答话。由于铁塔下面的场地狭小，消防人员难以铺设救生气垫，一旦他体力不支摔落，肯定有生命危险。据他的工友说，此人是在附近一家工地打工的民工，在工地上干了一年，临近春节向包工头讨要拖欠的十多万元工资，没想到包工头"失踪"了，多次打电话也联系不上。他向劳动监察部门反映问题无果，便爬上铁塔讨薪。最后，这名男子终于听从民警的劝说，缓缓爬下了高塔，并被民警带往公安机关。

这条报道，拿掉了零下十五度的气温之下围观者的热情和讨薪者在三十米铁塔之上的惊慌失措，只留下一座城市对一个讨薪者爬上铁塔这件事的冷漠。我一个字接着一个字读完这条署着我名字的报道，这些我亲手敲出来的句子，字里行间密不透风，让人有些喘不过气来，它们陌生得让我怀疑这件事是否真的是我亲历的。我看着这一堆规规矩矩的汉字，突然觉得这柔软的报纸，竟然也是如此坚硬。

马路边的潮汐

他们正依次坐在离十字路口不远的台阶上、道牙上、三轮车上，甚至马路上。他们中更多的人，屁股下连张报纸都不垫，就坐在冷冰冰的地面上；有人双手抱在怀里躺在倾斜的摩托车上，已经发出轻轻的鼾声；大多数人则拿出与自己身份相关的表情和姿势，守望着，等待着。他们或目光呆滞看着远处，或把头靠向另一个刚偷偷听到不久的秘密，他们能在这里的十个小时里保持相同的动作，却又像一股暗流，在这个叫劳务市场的地方，涨潮退潮。

对于此处的潮汐来说，有人靠近就是引力，原本还坐在台阶上、道牙上、摩托车上以及马路上的人瞬间就会汹涌而动，浪花一朵接着一朵扑向靠近的那个人。如果来者是穿制服的人，他们会朝着来的方向四散，一脸仓皇无助。

我见过有人刚一停车他们就涌上去的阵势，那人没办法开车门，就把窗户放下来半截，一双双粗糙的手水一般趁机涌了进去，想握住什么却被别的手拉回来，摸空的人不急不缓，退出来站在一边看热闹，摸到的人拿到一张名片，悄悄塞进兜里从人群中撤走。

这名片上写着电话，需要的工种，小小的卡片跟装着祝福的漂流瓶一样，只有少数人才有机会捡到并因此带来好运。在这暗潮汹涌的海里，一两个瓶子根本满足不了那么多人的好奇心和期待，因此捡到瓶子的人会不露声色地退出来，循着名片上的电话和地址到一个又一个小区去，把毛坯房刷白，把堵塞的下水道疏通，把被雾霾和沙尘弄脏的窗台擦干净，把崭新的家具从楼下搬到楼上。他们粗糙的手带着海水的特性，有自净功能，也能洁净别人。他们能让一间毛坯房瞬间变成白花花的精装房，房间里下水道通畅，窗明几净，但是他们却拘谨又敏感，不敢把坐过马路的屁股落在房间的任何地方。他们站着，等待着，领了劳务费从屋子里出来，心满意足，看不出任何倦怠，可能会去街边的饭馆里要一碗加一份牛肉的面，也可能拐到常去的超市买一包兰州香烟或者一瓶二锅头，味蕾的敏感早就被口袋里的零钱消磨殆尽，吃什么和怎么吃在他们眼里都不再重要，只是庆祝是必要的，加肉买烟买酒是最具仪式感的事，他们干得漫不经心又轰轰烈烈。

擦干嘴角的油渍，打着饱嗝，他们沿着来时的路迅速退回去，回到十字路口那个汹涌的海。那里，更多的人还在海里，在太阳底下席地而坐，你会觉得，不管什么时刻和他们相遇，都像上一次遇到他们一样，表情姿势都没有任何变化。

粉刷的设备竖着，摩托车前挂着的小时工字样歪歪斜斜，一点也不会影响到生意，因为除了他们自己，谁也不会多看一眼上面的字。十字路口，汹涌的海，就是他们最好的标签和广告。根本不用他们张开嘴露出发黄的牙用夹杂着方言的普通话介绍自己，来找他们的人也顾不上听他们的表达，时间一长，他们也习惯了头发乱糟糟、衣服皱巴巴，身上还散发着怪味的自己。他们凭手艺吃饭，穿着打扮是多余的，很多时候被雇主带走靠的仅仅是运气好而已。他们就是路边摊上廉价的物品，有自己的光泽和褶皱，有固定的购买人群，只等着别人在合适的时候将自己拎走。

十字路口变换着的红绿灯、转向灯亮起的公交车、宾馆里出出进进的人，这些城市片段对他们来说就是墙上的广告画，看得见又怎么样？这城市的繁乱与安静，对于他们来说也都没有任何意义，这里是海，有自己的规律和习惯。

有些人三四次都没摸到名片，索性几个人围起来下棋打牌，一开始自己人玩，输赢也不计较，后来有专门玩的人摆出阵势来，一种叫赌博的动作就被硬生生扔在了海里，你可以放心地怀疑他们来这里就是当鱼饵的，他们坐在人群里，看不出一点着急，好像姜太公一样淡定，眼前这水平静得没有一点波纹。而暗流已经开始让这里的气氛变得微妙起来。每一盘棋局的背后，都是五块到一百块不等的诱饵，提马向前步步惊心，坐镇的暗暗数着别人的路数，他只想那冲在前面的子，早早落进圈套，掏了挑战金重开下一场。挑战者步步为营，额头都冒出细汗来，坐镇的一门心思等着人上钩，不时给茶杯里添水，目光狡黠，一语不发。

扑克前围的人最多，一张广告纸上，数字从大到小排列，碗里的两个骰子摇晃，落地后总有一个数字能撞上，这比等来雇主的概率大多了。一块两块的赌注，比漂流瓶一样的名片现实些，至少唾手可得。从兜里掏出皱巴巴的零钱来，放到自己中意的注上，竟有一块两块的进账，原本站着下注，准备输完十块就走人，手里的零钱比掏出来的多很多，索性蹲下来。这一蹲财气就没了，贪婪换来的是身上仅有的那几张零钱也都进了别人的兜。灰溜溜从亢奋的人群里挤出来，回到台阶上、道牙上、马路上等漂流瓶。输了钱和没赚到钱在他们眼里，就像早上吃了土豆包子和没吃土豆包子一样简单，吃了就不会饿，没吃就饿着，但是饿着和不饿都只有自己知道，也不给别人说。他们面对和接受现实的能力很强，你根本没办法做出准确描述，只有暗自佩服。

这十字路口除了四条灰突突的大街之外，不远处还有几条散发着浓烈胭脂味的巷子，曲折、婉转，深不可测，有说不完的故事。有人进去的时候，贼眉鼠眼，步履轻盈，像是去赴一场惊艳的约会。他们出来的时候，红光满面，回味悠长，一步三回头，把魂丢了一般。这是潮汐最香艳的所在，每一个木讷的失意的落魄的得意的惆怅的男人，都能在这里得到慰藉，看不见的交易不仅仅廉价，还能带来美好的连锁反应。

关于这些巷子里的一切，看似和棋局牌码没有什么区别，巷子棋局牌码所带来的刺激和抚慰，只有参与其中的人知道，这是一种别人无法感同身受的体验。也有没骨气的，输了钱就说自己上当了，进了巷子完事后没钱就要耍赖，他们破坏了局部自发形成的规律，换来的是一顿打，挨了打气不过就打电话报警，有一种撕破一切的魄力。

我也见过穿制服的人呼啸而至，海还是海，打量着来者的一举一动，而暗流早就收拾好了局面，毫无规律又整齐划一地消失在人群里。他们混在人群里，不要说我们，连穿制服的人都分辨不出来，哪些是打工者，哪些是从他们之中脱颖而出的投机者。这里平静得像一切都没发生一样，穿制服者走了，海里的暗流继续涌动。

公交车上

你缓缓走向舞台的中央，你紧张得不敢朝台下看一眼，你只听见掌声响起来的时候整个大厅里都是给你的喝彩，你控制不住脚步和呼吸，你的心脏就快跳出来了，你不能让台下的人和台上的人看到你的慌张，你故作镇定，其实急切地想走近那个等着给你颁奖的人，你简直太激动了，似乎那座奖杯有魔力一样，你就快被它吸进去了……你明明马上就能触摸到它，可就在这时候，台下一下子安静了，手机发出急促的铃声，把一个梦就这样硬生生地打断，懊恼的是，你明明就要实现那个现实中可能永远实现不了的梦想，真的就差那么一步啊，最终还是一场空，你不得不接受这残忍的事实。睁开眼睛，摁掉手机闹铃，把自己撂进真实的生活里。

在回到人群之前，你可以光着身子，不用擦眼角的异物，头发也可以乱糟糟的，胡子把下巴围了个水泄不通，但是一旦要出门，你就得熟练地把自己收拾成一个准备充分的演员，洗脸刷牙剃胡须抹护肤品喷香水。你尽量让自己看上去毫无破绽，这样才可以放心地把自己放置到人群中，虽然不一定有人会看你一眼，但是只有这样做了，你才觉得安心。

你向门口的保安微笑，刷卡出门，经过一个十字路口，在到达站台前在廉价的包子店将自己喂饱。你喜欢吃鸡蛋韭菜馅的包子，却告诉卖包子的人，给你三个土豆包子，这样吃完就不用担心说话的时候冒犯到别人。你每天依次经过包子店饼子店油条店拉面馆羊肉泡馍店，看起来对于吃这件事你有很多选择，可是出门的时间和上班的路程让你没有更多时间考虑早餐的营养价值，享受吃饭过程，每天固定时间出门却不一定能坐上固定的一班公交车。即便是上了公交车，司机也从来都是慢腾腾的，他们会在你着急的时候晚点，或者一路堵车，你还不好动怒。

你每天八点三十分之前到达四十三路公交车站台，运气好的话，公交车几分钟内就能进站，并且车上没有背着大书包吃着辣条的学生，和拎着鸡蛋大葱刚从早市回来的老奶奶。不过车厢里的年轻人大多和你一样，板着脸，像没睡醒，低头时手指头不停地在手机屏幕上挪动，抬头时眼睛盯着车窗外想着什么。

公交车上人多的时候，你插空站在人群里忽而前倾忽而后仰，浪一样翻滚着。你能近距离闻到一个穿着职业装的女孩子身上的杂牌香水味儿，也能清楚地听到一个业务员在电话里一个劲介绍资源、利润和风险。此刻，你想起感同身受这个词，感觉他们就是你自己，你也是他们，没有任何区别。人少的时候，你 个人站着，显得那么与众不同，你一只手抓着扶手，一只手有些无所适从，放在兜里觉得怪异，翻手机又显得庸俗，你恨不得自己只有一只手，这样多痛快，不用换来换去不自在。

你就在这样的纠结中，过了一站，又过了一站，站台一模一样，除了站名有区别之外，每一站都能看到几个等着上车和刚下车的人。有那么一瞬间，你突然成了你自己不认识的一个人，非要把周边的环境都看一遍，看看是不是坐错了公交车，或者走错了路，你有些找不到参照物的感觉。在公交车上，人们不停地聚合又消隐，但是似乎这一切只发生过一次，漫长而深刻。你突然又觉得，一辆公交车就是一座移动的微型城市，车上的每一个人，生命的轮回和轨迹都很逼真，你看每一站，门打开一些人上来就像新生命出生，一些人下去就像生命戛然而止。

城市里的生离死别和坚硬呆板的建筑物相匹配，不动声色，公交车的来来往往更是如此，毫无好感可言，或许只有下车，一切才会变得生动起来。一旦下车，就意味着到达，不过到达之后，一切才刚开始。这不，你看见从电力公司那一站下去的人，进门从不看保安一眼，但是你能确定他这一天都可以不看任何人的脸色？社科院站周边冷冷清清，看不到人影，提着公文包的男人却走得笔直，但是你能肯定他上班期间会一直不向任何人弯腰？你开始替那些下车的人担心，公交车就开到了新华百货店，哗一下子下去一堆人，紧接着又上来一堆人，车厢里茶叶蛋素包子的味道被带下车去，鱼的腥味和羊肉的膻味又很快代替了它们。生活永远充满变数，一种事物消失，很快会有别的事物替代。

你也在这一站下了车。这个从早上八点能一直热闹到晚上八点的地方，充满商业气息，每一条路都被广告恰到好处地占据着，每一条广告又都很有诱惑力且短命，不管折扣多优惠，一个月之内它们肯定会被别的信息所覆盖。甚至连沿街的店铺，一年内都能看到不同的面孔，经常会有围栏围起来，工人们不断地敲、拆、切、焊、砌、刷、钉、喷、包……过几天店面就变了个模样，对着崭新的门面房，你会有一种放假以后班级突然来了新同学的感觉，觉得新鲜，却不知道该如何和他相处。

商业广场似乎从来不考虑你的审美习惯，它只在乎你的消费习惯，用汹涌的密集的广告不断迎合你、满足你，等你慢慢接受它们的时候，这些广告和商品又从货架上消失。这就是城市，它跟古典文学作品中无情的戏子一样，让人捉摸不透。你想到这一句的时候，就已经走完了从家到单位的所有路，你赶紧把那些关于城市关于早晨的想法收回来，把走路被风吹乱的头发捋顺，把立起来的衣领放回原位，就像什么都没经历一样。身后的公交车和你背道而驰，默默无语。

夜　行

每次凌晨下夜班，我都会哼着小调，骑着那辆二手自行车，走同一条路，遇见不同的夜行者。先经过的，是一条单行的街道。三三两两的轿车，朝着一个方向缓慢地行驶着。路两侧的酒店、KTV、饭馆、超市林立，它们五光六色的招牌，让夜晚带上暧昧的味道。

每次路过这里，总会遇到那个捡拾废品的人。似乎我的下班时间，和他的上班时间吻合。他用一根棍子拨拉着绿色的垃圾桶，背上瘪瘪的蛇皮袋子，在几次弯腰之后，变得鼓胀起来，像极了刚从餐厅里出来那个人腆起的肚子。

朝前走走，就会遇到醉酒的人。有清醒的，手一伸拦住出租车一溜烟不见了；深度醉酒的，要么拿着电话乱拨一气，要么扶着电线杆，肆无忌惮地呕吐，酒桌上的阿谀奉承尔虞我诈，统统被他们吐到了大街上。间或会对着地面或电线杆说上几句，见对方听不懂，就大喊大叫。没几分钟，便倒下，以地为床以天为被酣睡起来。

第一个十字路口，每次在这里总会遇到一些牵着手的人们。有的走得东倒西歪，有的勾肩搭背说话很大声。不管他们是亲人、情侣，还是偷情者，这个时候，他们是最真的自己，卸下伪装，表情轻松。他们不担心被头顶的摄像头偷窥，也不操心经过的路人异样的眼光。

离第二个十字路口不远，是一个菜市场。这个每天从凌晨四五点就开始热闹的地方，几乎随时都有人守着。我经过时，凉棚下的果蔬，已经没有白天那般鲜嫩了，暴晒了一天之后，它们暗无光泽。

由于几乎没有顾客，小商贩们基本上没生意可做。但是他们就一直这么守着，在一盏围着蚊蝇的节能灯下，时而打盹，时而伸腰。在深夜，他们更像是夜的主人，等待着黎明的出生。

过了菜市场，二手自行车的车轱辘便快了起来。这条街上，有两排干瘦的槐树，按照季节轮转，这些树会依次有花瓣、树叶和积雪散落。我经过时，只有月光穿过细碎的树叶，打到地上。此时，我的歌声会大点，唱给树听，也唱给喝醉的人和走远的行人。

过三个十字路口，拐两个弯。就离家近了，进了门口的小巷子，身后的城市变得模糊起来，这里似乎更像我曾经生活过的小镇。巷子一头，是一些烤烧烤的摊贩，不时翻转的小铁锅里，有时候是羊肉，有时候是饼子。简易的炉灶中，黄色火苗让夜变得生动起来。

来这里消费的，都是从附近酒吧里出来的年轻人，他们的胃容得下一杯又一杯的啤酒，当然也容得下小铁锅里的炒菜。这个时候，再饿我也不去吃这些东西。只想着早早回家，因为那里有个我不回家她睡不着的人。

这是一个老旧小区，我喜欢院子里的杏树。春天的时候，红扑扑的杏花，让我老是恍惚自己身处老家，那里有一坡一坡的杏树。杏子还只是拇指头一样大的时候，我会伸手摘下一颗，剥开它绿色的外衣，拿出还没变硬的白核，放在耳朵里。在童年，有人说这样就可以孵出一只小鸡。但是直到现在，我也没见过有一只小鸡从我耳朵里走出来。嗨，我的童年就这么被一颗杏子给骗了。

让我喜欢的，还有坐在小区门口的那个讨钱的残疾人。他结巴，因此话少；一条腿有点变形，走一步路的时间，正常人能走十步路。他一直穿着那件二十世纪九十年代的警服，见人就伸手要一块钱，但是很多人并不买他的账。

每天刚出门，趁我开门的时候，他会迅速起身，颤颤巍巍地走过来，笑着问我要一块钱。我并不会给他，每次都说等我挣到一块钱了再给你。这时候，他不纠缠，也不恼，只说句"那你早点下班啊"。然后，就颤颤巍巍去刚停下来的轿车旁，那里，或许有人会给他一块钱。

在这个小区，认识我和我认识的人并不多，这个讨钱的残疾人应该算一个。我之所以大半夜还想起他，是因为他让我觉得，活着是有意义的，至少有一个人，每天都希望你给他一块钱。但是细细想想，给他一块钱的次数并不多，这让我惭愧，好在每次下夜班，他并不会出现在这里。如果没猜错的话，他肯定以为我在躲着他。或许吧！

守着小区大门的，是一扇生锈了的铁栅栏，每天晚上 12 点会被准时上锁。我有钥匙，它能证明我住在这里，比一张白纸黑字的暂住证有用。其实，在这个城市，我有许多把钥匙，虽然每一把都能打开不同的大门，但是，只有一把真正属于我，那就是二手自行车的钥匙。

我开门的时候很小心，生怕铁链撞击吵醒门房里的老两口。男人耳背，每次见我，都会大声喊"小田是个好人"，我不知道他是怎么判断我的好与不好，但是这句话很受用，因此，我乐意一天里见到他好几次。

女人是个大嗓门，每天都有做不完的活，究竟做些什么，我并不知道，但是有一个场景让我想不记住也难。老两口有一对孙儿，两个孩子都很贪玩，每到吃饭的时候，女人都会喊孙子吃饭，整个小区都能听到。我要说的是，她嗓音里掺杂的那股淡淡的饭香味，让我痴迷，我多想我的母亲能每天都这么喊我，哪怕只是喊喊也行，可是只能是想了。

进了门，身后的闹市就消失了，院子里很静，自行车的轱辘声清晰，所以总会吵醒那几只野猫。小区里究竟有多少只野猫，我并不知道，但是它们住在那，怎么吃，我倒是察觉到了。这些曾被宠爱过的野物，带着倦怠之气，总是睡。它们从来不愁吃，看门的老两口总会有剩菜剩饭，小区里的垃圾桶里，时不时还会有带着肉丝的骨头。

单元门早就无法闭合了，冬天夜里很冷的时候，这些猫会在楼道里躲着。你不知道，独自一人深夜行走，身后突然蹿出一只猫的时候，是多么恐怖。不过好在夜里回家的次数多了，这些野猫也会逐渐习惯起来。

楼道里没有灯，每次夜里上下楼梯，总要借着手机屏幕的亮光。和以往一样，前两层黑通通的，走到第三层的时候，有一片光。这是妻专门为我开着的。我蹑手蹑脚打开门，想着能看到梦乡中的她。但是每次进门，她都瞪着大大的眼睛。

桌上照例是她准备的温水，有时候会有水果。刚开始上夜班的时候，每次回家她总问东问西。当然，每次因为疲倦我都草草应付。后来，她不问了，看着我放下包、喝水、洗脚、褪衣服、上床。这个过程中，她的两个酒窝一闪一闪的，总是比凉水澡还能让我解乏。

自从上了夜班，妻总是要等我回来才睡觉。我问她为何不早睡，她说，只有我这个夜行者从闹市里消失了，她的夜晚才会真正开始。